〈경장편소설〉

아내는 꿈을 꾸고 있습니다

아내는 꿈을 꾸고 있습니다

초판 인쇄 2018년 6월 1일
초판 발행 2018년 6월 5일

지은이　　장시진
펴낸이　　진수진
펴낸곳　　혜민노블

주소　　　경기도 고양시 일산서구 하이파크 3로 61
출판등록 2013년 5월 30일 제2013-000078호
전화　　　031-949-3418
팩스　　　031-949-3419
전자우편 meko7@paran.com

값 12,000원

아내는 꿈을 꾸고 있습니다

장시진 지음

혜민노블

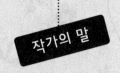

영혼을 보았다.

문득 앞에 서 있거나 뒤돌아보면 소름끼치도록 나와 닮아 보였던 그 영혼이 어느 날 나에게 손을 내밀었다. 나는 차마 그 손을 뿌리칠 수 없었다. 그리고 그 손을 잡는 순간 찌릿한 전율이 느껴졌다.

방향을 잃었다.
어느 길 어느 즈음이었는지 모른다.
그 자리에 주저앉아 꼼짝없이 죽음의 공포와 마주해야 했다. 숨이 막혀왔고 금방이라도 쓰러질 것만 같았다. 길 위에 서 있었지만 나는 결코 존재하지 않는 것 같았다.

얼마나 더 걸어갈 수 있을까?
망설여지는 한 걸음을 다시 걸었다.
돌아보면 자꾸만 후회되는 한 호흡의 연속이었다. 그만큼 시간은 망설이지 않고 제 갈 길을 잊지 않았다. 그 뒤에 남겨지는 것은 늘 뒤쳐져 허우적거리는 초라한 모습의 나였다.

연연하는 것은 후회로 남던가 집착이 됩니다.
연연하지 않는 오늘을 살아가기 위해 최선을 다해 걸어보지
만 오늘은 또 어제가 되어버리거나 내일이 됩니다. 그래서 오
늘만 살아가기로 했습니다. 어제든 내일이든 그 시점은 오늘이
기 때문입니다.
실질적으로 삶은 단 하루의 오늘일지도 모른다고 생각합니
다. 그만큼 오늘을 살아가는 방향의 선택이 중요합니다.

여기 한 여자와 한 남자의 선택을 담아보았습니다.
그 선택을 보듬어주거나 비난하는 것은 이제 당신들의 몫입
니다.

아내는 꿈을 꾸고 있습니다

01

인천 국제공항에 발걸음을 내딛는 순간 왠지 낯선 곳에 와 있다는 착각에 휩싸였다. 6개월째 이라크의 모술, 라마디 등 곳곳을 가리지 않고 뛰어다니며 취재에 열을 올린 탓이다. 그래서 공항 내의 침착하면서도 분주한 분위기가 어색하게 느껴졌다.

국제분쟁취재 전문기자인 직업의 특성상 분쟁이 있는 곳이라면 어디든 가리지 않고 달려가곤 한다. 사안에 따라 짧게는 몇 주에서 길게는 몇 개월 씩 분쟁 현장을 누비고 다니며 취재를 해야 한다. 그 어떤 직업보다 위험 부담이 많은 일이지만 나는 내 직업에 단 한 번도 회의를 느꼈었던 적은 없었다.

공항을 나서는 내 입에서 알 수 없는 한숨이 길게 쏟아져 나왔다. 이라크에서의 일이 떠올랐기 때문이었다.

바그다드 중심부에서 이슬람 무장단체 이슬람국가(IS)의 차량폭탄 테러로 대규모 폭발이 일어났다. 강력한 차량폭탄 테러로 도심은 온통 화염에 휩싸였다.

대규모 폭발이 일어난 곳은 후세인 전 대통령의 동상이 세워져 있었던 피르도스 광장 근처였다. 그곳은 호텔과 상가가 밀집

된 번화가였다.

나는 취재를 마치고 숙소인 자발 레바논 호텔로 향하던 중이었다. 테러 공격의 목표는 호텔에 투숙 중인 미국인과 외국인들이었다.

한밤의 테러로 인해 도심 일대는 아비귀환으로 변해 버렸다. 호텔은 무너지기 일보직전이었고 근처의 다른 건물들도 상당한 피해를 입은 상태였다.

까딱 잘못했으면 나 또한 무사하지 못할 상황이었다. 폭탄이 터지는 순간 이대로 죽는구나 하는 아찔한 생각이 들었다.

300명 이상의 사상자가 발생했고, 화염과 검은 먼지 속에서 부상자들의 신음소리가 곳곳에서 터져 나왔다.

그 위태로운 상황에서도 나는 연신 카메라의 셔터를 눌러 댔다. 그리고 사태가 어느 정도 진정되었을 때에 그제야 어깨의 통증을 느낄 수 있었다.

다행히 큰 상처는 아니었다. 하지만 만에 하나 파편이 조금만 아래로 지나쳐 갔더라면 아마도 나는 이 세상 사람이 아니었을 것이다.

며칠 전 집에 전화를 했지만 이주일 후에나 집에 갈 수 있을 거라며 아내에게 능청을 떨었었다. 그것은 일부러 꾸며낸 말이었다. 오늘 느닷없이 나타나 아내와 은지를 깜짝 놀라게 해 주고 싶었기 때문이었다. 아내와 은지가 놀라는 모습을 상상하며 나는 한결 가볍게 발걸음을 옮겼다.

엘리베이터가 멈추자 발걸음은 좀 더 빨라졌다.

현관 앞에서 초인종을 누를까 하다가 주머니에서 열쇠를 꺼내 소리 없이 문을 열었다. 극적인 등장을 노린 발상이었다.

문을 열고 안으로 들어서자 낯익은 냄새가 코끝으로 포근하게 느껴졌다.

아늑한 보금자리였다. 언제나 돌아와 쉴 수 있는 울타리였다. 나는 한순간 온몸이 나른해져 오는 것을 느꼈고 금방이라도 잠에 취해 곯아떨어질 것만 같은 노곤함을 느꼈다.

거실에는 아무도 없었다.

그렇다면 아내와 딸은 방에 있을 것이다. 나는 까치걸음으로 방을 향해 소리 없이 걸어가기 시작했다.

내 입가에는 어느새 짓궂은 장난기가 맺히기 시작했다.

무언가 낯선 기운이 느껴지기 시작한 것은 방문 앞에 다가섰을 때였다.

방문을 열려다가 나는 흠칫 놀라고 말았다. 방안에서 남자의 목소리가 들려 나왔기 때문이었다. 남자의 목소리는 그다지 낯선 편은 아니었다.

한순간 나는 나 자신이 이방인처럼 느껴졌다. 마치 내 집이 아닌 남의 집에 들어와 있는 것 같은 어색한 기분 때문이었다.

–이러 지 말아요. 그만 돌아가 줘요.

아내의 목소리였다. 방안에 아내가 있는 것이 확실했다. 그렇다면 남자의 목소리는 누구란 말인가.

나는 방문을 열 수가 없었다. 왠지 나서서는 안 된다는 생각이 들었다.

– 시은 씨 도대체 왜 그러는 거야. 갑자기 이제 와서 왜 딴 사람처럼 구는 거야?

– 몰라요. 오늘은 얘기하고 싶지 않아요. 그냥 기분이 그래요.

– 그러지 말고 우리 얘기 좀 해.

– 우린 이래서는 안 돼요. 우린 죄를 짓고 있는 거예요. 더는 안 되겠어요.

– 난 그럴 수 없어. 이제야 비로소 사랑하는 사람을 만났는데……. 난 그렇게 할 수 없어.

– 싫어요. 싫다고 했잖아요.

– 사랑해!

더는 아내와 남자의 목소리는 흘러나오지 않았다. 잠시의 정적이 흘렀다. 나는 여전히 문 앞에서 망설이고 있었다.

불륜, 설마 내 아내가, 나는 뇌리를 스치고 지나가는 불륜이란 단어를 지울 수가 없었다.

믿고 싶지 않았다.

망설임을 뒤로하고 방문을 열었을 때 나는 그만 무너지고 말
았다.

아……. 순간 몸에서 힘이 빠져나가는 것을 느꼈다. 동시에
깊은 수렁과 암흑 속으로 빠져 들어갔다.

있을 수 없는 일이었고 있어서도 안 되는 일이었다. 그런 일
이 내 눈 앞에서 벌어지고 있다니 믿을 수가 없었다.

몸은 나무토막처럼 뻣뻣하게 굳어졌다. 제대로 숨을 내쉴 수도
들이마실 수도 없었다. 그 광경을 차마 똑바로 볼 수가 없었다.

알몸의 아내와 알몸의 남자가 있었다. 그 남자는 다름 아닌
친구였다. 그래서 더욱더 용납할 수 없었다.

하지만 내가 할 수 있는 일은 아무것도 없었다. 너무도 어처
구니없는 일이고 상상도 할 수 없었던 일이었기 때문에.

가슴이 터질 것 같은 분노와 배신감을 억누를 수 없었다. 그
순간 벙어리가 되었고 귀머거리가 되었다. 차라리 장님이었으
면 좋았을 거라는 생각을 했다.

'이럴 수가……'

그들을 죽여 버리고 싶다는 생각을 했다.

몸은 그 자리에 있었지만 마음은 벌써 주방에 있는 주방용 칼
을 움켜쥔 채 달려와 있었다.

그들의 심장을 겨누리라. 그리고 사정없이 그들의 몸뚱이를
도려내고 난도질하리라. 수십 번, 수백 번 그들의 몸뚱이를 난

13

도질한다 하더라도 그 분노와 증오는 가시지 않을 것 같았다.

소스라치게 놀란 것은 시은과 기주도 마찬가지였다.

고개를 저었다. 그들의 모습을 지켜보고 있자니 용서할 수가 없었다. 그러나 나는 두 주먹을 불끈 쥔 채 부르르 떨고 있을 뿐이었다.

"현……현빈……."

뒤돌아선 내게는 아내의 목소리가 이미 낯선 여자의 목소리였다.

차마 뒤돌아 볼 수 없었다. 아니 뒤돌아 볼 용기가 없었다. 뒤돌아본다 하더라도 이미 이방인이 되어 있음을 부정할 수 없기 때문이었다. 나는 처참히 무너져 내리고 있었다.

돌이키고 싶지 않은 잔인한 순간이었다. 남은 것은 상처뿐이었다. 할 수 있는 것이라곤 초라하게 앉아 술잔을 기울이는 것뿐이었다.

낯선 곳. 낯선 자리에 홀로 앉아 있었다. 혼자라는 것이 너무도 싫었다.

아내가 나를 저버리고 다른 남자와 사랑을 나누리라고는 단한 번도 생각해 본 적이 없었다. 그것도 그 남자가 다름 아닌 기주라니 나는 분노를 억누를 수가 없었다. 더러웠다. 심지어 구역질까지 났다.

먼저 다가온 사람은 시은이었다. 시은은 언제까지나 곁에 있겠다고 다짐했었다. 한 남자를 사랑했고 한 남자를 영원히 사랑할 거라고 말했었다.

그래서 나는 서슴없이 시은을 선택했는지도 모른다. 그런데 이제 남은 것은 배신뿐이었다.

아내가 나를 버렸다는 피해의식에서 벗어날 수 없었다. 외로움이 싫어서, 더는 혼자인 것이 싫어서 선택한 결혼은 다시금 나를 매정하게 내몰고 있었다.

믿었던 아내의 불륜은 큰 충격이었다. 충격은 증오로 변하여 불타오르기 시작했다.

늘 그랬듯 참기 힘든 것은 외로움이었다. 오늘이 그랬고 또 막상 갈 곳도 없었다. 이제 돌아갈 수 있는 안식의 보금자리는 없었다. 남은 것이 있다면 흉한 몰골로 허물어져 버린 가정이라는 울타리뿐이었다. 나는 철저하게 혼자가 되어 가고 있었다.

취하고 싶었지만 취하지 않았다. 취하고 싶다는 것은 우격다짐에 불과했다. 구멍 난 항아리에 물을 쏟아붓듯이 술을 퍼부었고 빈 술잔을 채웠다.

절망이었다.

절망은 술안주였고 희망은 없었다. 처절하기만 한 고통뿐이었고 바로 옆에는 괴로움이 있었다. 모든 것을 잊고 싶었다. 그 어떤 생각도 하고 싶지 않았고 생각하는 자체 또한 무의미할 따

15

름이었다.

잊기 위해 술을 마시며 더욱 커져만 가는 고통을 느꼈다. 단지 그뿐이었다.

악마가 나타났다. 그리고 악마는 말했다.

'그들을 용서해서는 안 돼.'

술은 나를 놓아주지 않았고 술은 더는 친구가 되어 주지 않았다. 술은 이제 나 자신이 되어 버렸다. 그렇게 또다시 나는 혼자여야 했다.

02

시은은 아직 오지 않았다.

그렇지만 올 것이다. 꼭 와야만 할 것이다. 시은은 적어도 용서를 빌던가, 변명이라도 해야 할 것이다.

시은과 이혼을 하게 된다면 누구보다도 먼저 상처를 받을 사람은 딸 은지였다. 은지는 부모의 이혼을 감당하기에는 너무 어린 나이였다. 그것이 자꾸만 마음에 걸렸다.

하지만 그렇다고 은지를 위해 아내를 용서할 수는 없었다. 믿음이 깨진 지금에 와서 그것은 불가능한 일이었다. 나는 은지의 생각으로 혼란스러웠다. 은지의 문제는 좀 더 시간을 두고 정리하는 편이 나을 것 같았다.

얼마 지나지 않아 시은이 나타났다. 시은은 나를 보자 고개를 숙이고 잠시 발걸음을 멈추었다. 그리곤 마음을 다잡은 듯 내 앞으로 다가와 앉았지만 나는 단 한 차례도 시은에게 눈길을 주지 않았다.

나는 더없이 냉정했다. 웨이터에게 커피를 주문했고 시은은 주스를 시켰다.

웨이터가 돌아와 커피와 주스를 테이블 위에 올려놓고 가도록 나와 시은 사이에는 아무런 대화가 이루어지지 않았다.

시은은 내 시선을 피해 창밖을 건너다보고 있었다.

어울리지 않는 재즈 선율이 뿌연 담배연기처럼 테이블 위로 무감각하게 쏟아져 내렸다. 나는 시은을 어렵게 건너다보았다.

시은은 며칠 사이 형편없이 상한 얼굴이 되었다. 시은은 애써 내 시선을 피하며 아무 죄 없는 주스 잔을 만지작거렸다.

무슨 말인가를 해야 했지만 그 무슨 말인가는 이제 의미 없을 말들일 뿐이었다.

이제 떠나는 것은 시은의 선택일 것이다. 어쩌면 더는 시은에게 선택의 여지가 없을지도 모른다.

시은의 앞으로 서류봉투를 내밀었다.

시은이 가만히 서류봉투를 내려다보았다.

그 속에는 이혼에 필요한 서류가 들어 있었다. 한 여자와 한 남자의 만남에서 비롯된 과거의 흔적을 지우기 위한 선이 우리 앞에 비로소 그어진 것이다.

더는 그대로 앉아 어색함으로 시간의 공백을 채우고 싶지 않았다. 무슨 말인가를 해야 했다. 나는 자세를 고쳐 앉으며 시은을 바라보았다.

시은도 이제 내 시선을 피할 수 없다는 것을 알았다. 시은이 용기 내어 나를 올려다보았다.

"난 원망하지 않아."

그 한마디에 시은은 흔들렸다. 그 한마디에 시은은 다시 죄인이 되어 고개를 떨구고 말았다.

"당신은 나에겐 너무도 인색해요. 언제나 그랬어요. 유독 나한테 만큼은……. 지금도 그래요. 왜 화를 내지 않는 거죠. 나를 용서할 수 없다고. 나를 증오한다고. 나에게 너무도 실망했다고. 화내는 것까지 그렇게 인색해야 하나요. 단 한 번이라도 나를 사랑했던 적이 있었나요? 당신은 내 앞에서는 너무도 침착해요. 차가울 정도로 말이에요. 어느 땐 소름 끼칠 정도로……. 그래요. 모든 것이 다 내 잘못이에요. 내가 무슨 말을 할 수 있겠어요. 하지만 난 당신이 내게 화라도 낼 줄 알았어요. 그런데 그것마저도 욕심이 되어 버리고 말았네요. 나와 살아오면서 내가 그렇게 미웠나요? 난 당신에게 화 낼 가치도 없는 그런 여자인가요?"

시은의 흔들림에 나 역시 흔들리고 있었다.

시은의 눈가에 알 수 없이 눈물이 맺혔다. 나는 그런 시은의 눈가에 맺힌 눈물을 보면서 한숨을 내쉬었다.

어디에서부터 잘못된 것일까.

시은의 눈에서는 하염없이 서글픔만 흘러내렸다. 눈물을 거두어들일 수 없어 시은은 더 서러운 것 같았다.

"많이 생각했어. 그리고 내가 해 줄 수 있는 건 이것밖에 없다

19

고 생각했어."

되도록 차분하게 말했다. 더는 흔들리고 싶지 않았다. 시은은 속절없이 움츠러들었다.

"은지는……."

지난날들을 정리하기 위해 그곳에 앉아 있다는 것을 나는 잊지 않았다.

"……."

모성 때문이었을까. 시은이 딸아이의 이름에 고개를 들었고 나와 처음으로 시선이 마주쳤다.

"지금 내 입장으로는 은지를 데리고 온다 하더라도 제대로 보살피지 못할 거야. 당신도 새롭게 시작하는 거니까 은지가 부담스러울 거고. 하지만 부탁할게 자리가 잡힐 때까지 당신이 은지를 맡아 주었으면 좋겠어."

내가 하고 싶었던 말은 그 뿐이었다. 시은에게 처음이자 마지막으로 하는 부탁이었다.

"은지는 걱정하지 말아요. 난 은지의 엄마잖아요."

그 말을 하고는 시은은 또다시 힘없이 고개를 떨구었다.

이제 아무 말도 필요치 않았다.

그 자리에 있어야 할 이유도 이젠 없었다. 그러나 나는 그 자리를 먼저 떠나지 않았다. 시은이 떠나가는 것을 지켜 주고 싶었다. 마지막이나마 시은을 위해 앉아 있기로 했다.

채시은. 이젠 기억 속에서 지워 버려야 할 이름이었다.

정말 돌이킬 수 없는 일이란 말인가.

그 순간 나는 가정을 지키지 못한 나 자신을 원망하며 괴로워했다.

무엇을 할 수 있단 말인가.

당장은 아무것도 하고 싶지 않았다. 그 순간은 아무 생각도 하고 싶지 않았다. 모든 것이 무의미함의 일상으로 변하여 있었다.

상실감과 공허함이 나를 이끌며 흔들어 대기 시작했다. 삶의 허망함은 괴로울 따름이다. 시간은 무기력하기만 했다. 그 시간 속에 우두커니 앉아 있는 내 모습은 한없이 초라하기만 했다.

시은을 다시 만난 것은 법원에서였다.

가정법원의 절차를 모두 마치고 우린 나란히 밖으로 나왔다.

"막상 남남이 되는 건 너무도 쉬워. 불과 몇 분도 걸리지 않으니 말이야."

들릴 듯 말 듯한 목소리로 시은이 중얼거렸다.

앞서 걸어가던 나는 승용차 앞에서 멈추어 섰다. 그리곤 뒤돌아 시은을 바라다보았다.

"안 탈 거야?"

시은에게 해 줄 수 있는 마지막 배려였다.

21

생각해 보면 단 한 차례도 시은에게 화를 낸 적이 없었다. 시은에게는 언제나 느긋하고 태연했었다. 어쩌면 시은은 지금 이 순간 자신을 탓하고 욕하기를 바랄지도 모른다. 하지만 나는 그 모든 것을 시은의 탓으로 돌리고 싶지는 않았다.

그런 모습이 시은을 더 힘들게 만들었는지도 모른다.

"어서 타!"

점점 위축되어가던 시은에게 말했다. 그렇게 말하고는 차에 올라 조수석 문을 열어 주었다. 시은은 할 수 없이 차에 올라탔다.

운전하는 동안 나는 애써 태연한 척했다.

"요즘 어떻게 지내요?"

힘겹게 시은이 말문을 열었다.

"이것저것 하면서……"

"미안해요."

"……."

"이혼신고는 제가 할게요."

시은이 담담하게 눈시울을 붉혔다.

"……."

나는 차창 앞에 아무렇게 던져 놓은 이혼 서류를 콘솔박스에 넣었다. 사실 아까부터 눈에 거슬리던 봉투였다.

03

비탈길을 오르자 연리지가 눈앞에 펼쳐졌다. 1000평 규모의 작은 소류지. 하지만 그 어디에도 그런 소류지가 있을 거라고는 상상도 할 수 없는 공간이었다. 분지처럼 펼쳐져 있는 신비로운 연리지를 보자 가슴이 저절로 가벼워졌다.

"아!"

입에서 절로 탄성이 쏟아져 나왔다.

한쪽에 차를 세운 채 연리지를 마주하고 섰다.

소나무 연리지, 소류지인 연리지, 야생화 군락지인 연리지, 그리고 연리지 산장. 그 어느 것 하나 빼놓고는 상상도 할 수 없는 연리지를 보며 나는 고향에 온 듯한 평온함을 느낄 수 있었다.

"언제부터 녀석이 있었는지는 나도 몰라요."

"……."

"아마도 오랜 세월 연리지를 지키고 있었을 거야. 내가 여기에 들어오기도 전부터 녀석은 연리지의 주인이었으니까. 앞으로도 그럴 거구."

"제가 본 것이 그 대물인지는 모르겠지만 엄청나던 걸요."

"영물이야. 아마 쉽사리 녀석과 대면할 수는 없을 거야. 녀석과 마주쳤지만 그때마다 내가 번번이 지고 말았거든. 그렇다고 녀석을 이기고 싶은 생각은 없어. 녀석과의 승부에서 이긴다면 아마도 연리지가 싫어질지도 모르지. 연리지를 떠나게 될지도 모를 일이고. 하지만 내가 장담하건대 녀석을 잡을 수는 없을 거야. 또 모르지 유 선생은 녀석과의 승부에서 이기게 될지도."

"글쎄요."

산장 주인은 녀석을 연리지의 수호신쯤으로 생각하고 있는 것 같았다. 나는 오늘 그 대물을 잡아 볼 생각이었다.

낚싯대를 펴기 전 미끼로 쓸 새우를 잡기 위해 채집망을 물속에 담가 두었다. 대물을 노릴 때는 떡밥이나 글루텐보다는 생미끼가 더 효과가 있기 때문이었다.

찌를 맞춘 후 채집망을 꺼내자 새우 몇 마리와 치어가 잡혀 있었다. 나는 그중에서 통통하게 살이 오른 새우를 골라 들었다. 낚싯바늘에 새우를 등 꿰기로 단 후에 포인트를 향해 낚싯대를 드리웠다. 등 꿰기는 말 그대로 새우의 등과 껍질 사이의 살점에 바늘을 관통시키는 것으로 입질이 올 때까지 오래도록 새우를 살려 둘 수 있는 방법이기도 했다.

나는 낚싯대를 연리지에 드리운 채 찌를 보며 호흡을 가다듬었다. 그 어느 때보다도 신중하게 찌의 반응을 살피고 있었다.

바로 그때였다.

"잠시만요!"

어디에선가 여자의 목소리가 들려왔다. 뒤이어 조심스럽게 여자가 물가 쪽으로 내려오기 시작했다. 여자는 낡은 등산화에 밀리터리 차림이었다. 손에는 디지털카메라가 들려 있었다.

"어머, 앵초가 여기에 펴 있었네."

"앵초라니요? 제 눈에는 아무것도 보이지 않는데."

여자는 대답 대신 빼곡하게 고개를 내밀고 있던 꽃을 촬영하기 시작했다. 자세를 바꿔가며 셔터 누르기에 정신이 없었다.

"많이 잡으셨어요?"

할 일을 다했다는 듯 여자가 옆에 쪼그리고 앉았다.

"이제 왔는걸요."

"방해해서 죄송해요. 꽃이 너무 예뻐서 그만. 전 소나무 연리지 쪽으로 올라가 봐야겠어요. 있다가 봐요. 참, 전 정미주예요. 좋은 시간되시구요."

여자는 그 말을 남긴 채 왔을 때처럼 소리 없이 사라졌다. 그리고 얼마 후에 꼼짝도 하지 않고 있던 찌가 수면으로 소리 없이 치솟아 올랐다. 순간 재빠르게 낚싯대를 치켜세웠다.

9치 정도의 누런 토종붕어가 제법 앙탈을 부렸지만 이내 물밖으로 끌려 나왔다. 월척은 아니었지만 그런대로 손맛은 느낄 수 있었다. 그 이후로 별다른 입질은 없었다.

스멀스멀 어둠이 내리기 시작했다. 그즈음에서 시장기를 느낀 나는 연리지 산장 쪽으로 발길을 옮겼다. 미주를 다시 만난 것은 바로 연리지 산장에서였다.

"우체통이에요. 여기 올 때마다 생각은 했는데 오늘에야 가져왔습니다. 산장과 잘 어울릴 것 같아서요. 우체통은 초벌 한 기물에 동유로 스프레이 시유한 것을 노천에서 직접 소성한 거예요."

인적이 드문 연리지. 외로운 연리지 산장에 우체통이 있으면 그나마 덜 외로울 것 같았다. 비록 우체통에 편지가 담기지 않더라도 우체통을 열 때마다 누군가에게서 편지가 왔을지도 모른다는 기대감으로 부풀어 올라 잠시나마 외로움을 잊을 수 있을 테니까.

"정 선생 때문에 이제부터는 편지를 써야 할 것 같네. 그것 참 좋은 생각이야. 우체통 때문에 그동안 쓰지 못했던 연애편지를 쓸 수 있겠어. 편지를 써서 우체통에 넣어두면 집사람이 읽을 테고 또 집사람도 답장을 보낼 테니 벌써부터 기대가 되는 걸. 고마워요, 정 선생. 지금은 어떨지 모르지만 우리 때는 연애편지를 많이 썼지. 이제 나도 많이 늙은 모양이야. 그때가 그리워지니……."

산장 주인의 눈이 알 수 없이 촉촉하게 젖어들었다.

내가 산장 주인 내외에 대해서 아는 것은 별로 없었다. 다만

인정 많고 온화한 사람들이라는 것이 전부였다. 그들이 어떻게 연리지로 흘러들어 오게 됐는지, 무슨 사연이 있는지에 대해서는 전혀 알지 못했다. 그러나 말 못 할 사정이 있는 것만은 확실했다.

정미주라는 여자, 산장 주인 부부와 꽤 친한 듯했다. 나는 산장 이 사장에게서 다시금 정미주에 대해 소개를 받았다. 정미주는 플로리스트 겸 도예가라고 했다. 낚시도 꽤 좋아해서 연리지를 자주 찾지만 이번에는 야생화를 촬영하기 위해 왔다고 했다. 내일쯤 올라갈 생각이며 잘 부탁한다는 말을 빼먹지 않았다.

식사를 마치고 나는 다시 연리지로 내려왔다.

달빛 한 점 없는 연리지의 밤을 밝히려 케미라이트를 꺾어 찌에 꽂았다. 5개의 찌가 연리지 위에서 형광불빛을 내뿜으며 다시금 정적을 이끌기 시작했다.

"하늘이 참 맑네요."

언제 왔는지 미주가 와 있었다. 나도 덩달아 하늘을 올려다보았다. 얼핏 올려다본 연리지의 밤하늘엔 온통 별뿐이었다. 그 별들은 고스란히 연리지로 쏟아져 내리고 있었다.

"별이 정말 많아요."

"지금도 좋지만 별을 보려면 연리지의 겨울밤이 제격이에요. 겨울에 보는 별은 시간 가는 줄도 모르죠. 시간 나면 겨울에 한 번 와 봐요. 후회하지 않을 거예요. 연리지는 계절마다 볼게 많

아요. 봄, 여름, 가을에는 야생화가 볼만하죠. 무엇보다 빼놓을
수 없는 건 소나무 연리지구요.”

“그런 것 같아요.”

“제가 너무 아는 체를 했나요? 그렇다면 죄송해요. 적적하실
것 같아서, 그리고 마땅히 할 일도 없고 해서 내려와 봤어요. 기
분도 우울하고. 왠지 오늘 밤은 잠이 오지 않을 것 같네요. 제가
또 방해를 하는 건가요?”

“아니에요.”

“누군가와 예기하고 싶었어요. 그렇지 않고 서는 이 밤을 보
낼 수 없을 것 같았거든요.”

“그거 잘 됐네요. 저 역시 입질이 없어서 적적하던 참이었는
데.”

“아까 낮에 보니까 그쪽 어깨가 너무 쓸쓸해 보였어요. 모든
것을 잃은 사람처럼.”

해가 기울어서 그런지 더운 바람은 이내 사라지고 시원한 바
람이 불어왔다. 나는 그 바람마저도 그냥 지나쳐 버리기 아쉬운
듯 깊게 숨을 들여 마셨다.

풀냄새, 흙냄새, 그리고 더없이 신선한 공기, 바람에 흔들리
는 나뭇잎의 속삭임. 그 정취는 도심에서는 느낄 수 없는 것들
이었다. 이제 도심으로 숨어들면 그 모든 것은 다시금 그리움

의 대상이 되는 것이다. 연리지를 뒤로하는 가슴은 허전하기만
했다.

아직 도로는 정체를 보이지 않았지만 교통 방송에서는 군데
군데 정체구간을 알려주고 있었다.

도로에는 주말 휴가 행렬의 술렁임이 가득했다. 떠나는 차량
이나 돌아오는 차량이나 휴가의 들뜸은 가시지 않았다. 유원지
를 지날 때면 그 분위기는 한층 더 고조되곤 했다. 나 역시 그
분위기를 벗어던질 수는 없었다. 교통방송 틈틈이 가요가 흘러
나올 때면 내 어깨도 절로 들썩였다.

나는 막힘없는 도로를 따라 속력을 내기 시작했다. 그리 급
할 일도 없었지만 언제 길이 막힐지 모를 일이기 때문이었다.
그리고 속력을 낼수록 열어 놓은 차창을 통해 불어 들어오는
상쾌한 바람이 싫지만은 않았다. 그렇다고 규정 속도를 어기지
는 않았다.

얼마 동안을 그렇게 흥을 내며 달렸을까.

사고는 그리 먼 곳에 있는 것이 아니었다. 눈 깜짝할 사이에
불행은 눈앞에 다가와 있었다.

어느 유원지를 지나쳐 갈 때였다. 규정 속도대로 달리고 있었
고 도로는 훤히 뚫려 있었다. 아무 일도 일어날 것 같지 않은 한
산한 도로였다. 그런 한산한 도로의 저편으로 커브길이 보였다.

나는 서서히 속력을 줄이기 시작했다. 그런데 상대편 차선의

커브 길에서 빠른 속도로 승용차가 진입해 들어왔다. 아직 거리가 있었기 때문에 나는 대수롭지 않게 생각했다. 조금만 속도를 줄이면 될 거라고 생각했다.

하지만 그것은 오산이었다. 빠른 속도로 진입한 승용차는 갈피를 잡지 못한 채 자기 차선을 이탈했고 반대편 차선을 오가며 비틀거렸다.

순식간에 벌어진 일이었기 때문에 나는 당황할 수밖에 없었다. 상대편 승용차는 속력을 더 내는 가 싶더니 정면으로 달려 들어 왔다.

"저 자식! 뭐……뭐야!"

아무리 방어 운전을 한다 하더라도 그런 상황에서는 어찌할 방도가 없었다. 갑자기 벌어진 일이라 나는 어찌할지 모르고 운전대를 힘껏 움켜잡았다.

상대편 승용차는 작정이라도 한 것처럼 차선을 변경하지 않았다. 너무 빠른 속력이었기 때문에 나는 눈앞이 막막했다. 발은 저절로 브레이크에 올려졌다. 발에 힘이 들어갔지만 속력은 줄지 않았다. 상대편 차량 역시 속도를 줄이지 않은 채 내 승용차를 향해 막무가내로 달려왔다.

"안……돼!"

한순간 등에서 식은땀이 흘러내렸다.

도로 노면을 타고 타이어가 밀려나가며 요란한 소리를 냈다.

동시에 나는 상대편 차량의 운전자를 볼 수 있었다. 아주 잠시 잠깐이었다. 상대편 운전자 역시 내 눈과 마주쳤다.

상대편 운전자의 눈은 반쯤 풀려 있었다. 그러다가 정신을 차린 듯 초점이 돌아오더니 서둘러 핸들을 조작하는 듯 보였다. 하지만 뒤늦은 후회만 앞설 뿐이었다.

내 얼굴도 새파랗게 질려 있었다. 상대편 운전자 역시 새하얗게 질려 어찌할지 갈피를 잡지 못했다. 상대편 운전자가 비명을 질러댔고 나 또한 핸들을 돌리며 그만 눈을 감아버리고 말았다.

끼익……퍼어억.

브레이크를 밟은 것 밖에는 기억에 없다. 그리고 무슨 일이 벌어졌는지 알 길이 없었다. 감았던 눈을 뜬 나는 다친 곳이 있나 없나부터 살폈다. 다행스럽게도 내게는 아무런 일이 벌어지지 않았다. 다만 차가 도랑에 처박힌 것 외에는 별다른 피해가 없었다.

문제는 뒤따라오던 차였다.

미처 사태를 짐작하지 못한 뒤차가 교통사고를 고스란히 떠안고 말았다. 그 충격으로 뒤 승용차는 뒤집힌 채 가파른 등성이에 처박히고 말았다. 상대편 차량은 몇 차례 뒹구는가 싶더니 가드레일을 들이받은 채 고랑 반대편 아래로 나가떨어지고 말았다.

한순간 적막이 흘렀다.

입에서 절로 한숨이 새어나왔다. 모든 것이 정지되어 있었고, 그 어떤 소리도 들리지 않았다. 갑작스러운 충격에 숨쉬기조차 힘들 지경이었다.

얼마간의 시간이 지났는지 모른다. 마치 시간이 정지된 것 같기도 했다. 몸의 모든 기관과 감각이 멈추어진 것만 같았다. 온전한 것은 정신이었다. 정신은 점점 더 맑아졌다.

"아……."

나는 급가속과 재빠른 급정거로 가까스로 사고를 모면할 수 있었다. 아마도 조금만 더 빨리 달리지 못했다면 불행은 온전히 나의 몫이 되고 말았을 것이다. 백미러를 통해 뒤의 사고 현장이 고스란히 보였다.

그 처참한 광경을 넋을 잃고 보던 나는 서둘러 차에서 내려 사고차량을 향해 내달렸다.

뒤집힌 차 안에 안전벨트를 착용한 채 거꾸로 매달려 있는 것은 다름 아닌 정미주였다. 너무도 처참한 광경이었다. 피에 흠뻑 젖은 미주의 모습을 나는 더는 보고만 있을 수 없었다.

다행스럽게도 아직은 의식이 남아 있는 듯했다. 그대로 미주의 삶에 대한 미련을 놓게 할 수는 없었다.

"미주 씨. 정신 차려요. 내가 누군지 알아보겠어요?"

피범벅이 된 정미주를 흔들어 보았지만 의식은 또렷하지 않았다.

"으……음!"

희미한 신음소리가 들려왔다.

사고차량에서 연료가 새고 있었기 때문에 언제 어떤 일이 벌어질지 모를 상황이었다. 망설일 여유가 없었다. 그대로 두었다가는 정미주는 죽게 될 것이 뻔했다.

"이봐요? 괜찮아요? 미주 씨?"

"으음!"

미주의 입에선 신음소리만 새어 나올 뿐 의식은 또렷하지 않았다. 미주의 얼굴은 피범벅이었다. 그대로 두면 필시 과다 출혈로 생명이 위독할 것이다.

나는 먼저 정미주의 안전벨트를 풀었다. 그리곤 미주를 차 안에서 빼내기 위해 안간힘을 쓰기 시작했다.

미주를 반쯤 끌어냈을 때 누군가가 달려와 나를 돕기 시작했다. 나는 사람들의 도움을 받아 사고차량에서 조심스럽게 미주를 빼낼 수 있었다. 그리곤 미주를 안전한 곳으로 옮긴 후에 의식 상태를 살폈다.

그 사이 도로는 일대 정체가 벌어지고 있었고 사람들이 몰려들기 시작했다. 가해 차량의 운전자가 사망했다는 소리가 들려왔다. 나는 서둘러 옷을 찢어 지혈하기 시작했다. 너무도 짧은 순간이었고 무슨 일이 벌어지고 있는지 조차도 내 스스로 분간하기 힘들 지경이었다. 시간의 흐름은 너무도 빠르기만 했다.

긴박함을 뒤로하듯 앰뷸런스와 순찰차, 그리고 견인차가 달려왔다.

나는 미주를 앰뷸런스에 태워 보내고 난 후에야 안도의 한숨을 쉴 수 있었다.

차로 돌아온 나도 견인차의 도움을 받아 차를 도랑에서 빼내었다. 아무래도 가까운 정비소에서 정비를 받아 보아야 할 것 같았다. 그 와중에 무언가 발에 밟혔다. 다름 아닌 포트폴리오였다. 포트폴리오는 정미주의 것이었다.

그 순간 나는 정미주를 혼자 앰뷸런스에 태워 보낸 것이 후회되기 시작했다.

04

전화벨이 울리기 시작했다.

"언제 올 거야 아빠?"

딸 은지의 목소리였다. 반갑게 달려온 은지의 목소리에 나는
알 수 없이 흔들렸다.

은지의 전화를 받을 때면 늘 그랬다.

"으응, 아빠 몇 밤만 더 자면 갈 거야."

"보고 싶어, 아빠. 그리고 심심해."

"엄마는?"

불쑥 입에서 생각지도 않았던 말이 튀어나왔다.

"유치원에 갔다 오니까 없어."

"밥은 먹었어?"

"아니."

은지의 말에 가슴이 무너져 내렸다.

"그럼 아빠가 지금 그리로 갈게."

"정말 아빠?"

"으응."

수화기를 내려놓고 나는 서둘러 오피스텔을 나왔다.

이제 겨우 6살배기 딸아이가 식사도 하지 않은 채 텅 빈집에서 우두커니 앉아 있을 생각을 하니 안타깝고 안쓰러웠다.

시은의 핸드폰 번호를 눌렀지만 전화통화를 할 수는 없었다.

30분쯤 뒤 아파트에 도착했다. 그때까지도 시은은 들어오지 않은 모양이었다.

"아빠아……."

은지가 눈물을 글썽이며 나에게 안겼다. 한순간 가슴이 뭉클해졌다.

"바보같이 울기는……."

은지의 눈에 맺혀 있던 눈물을 손으로 닦아주었다.

"왜 이제 온 거야. 아빠가 얼마나 보고 싶었는지 알아. 아빠는 은지가 보고 싶지 않았어?"

은지의 눈에는 반가움과 야속함이 배어 있었다.

"아빠도 은지가 보고 싶었어."

"은지가 불쌍해."

은지의 말에 가슴이 다시 한 번 무너져 내렸다.

"우리 은지 배고프겠다."

"피자 먹고 싶어, 아빠."

기다렸다는 듯이 은지가 대답했다.

나는 아파트를 빠져나와 패스트푸드점을 찾기 시작했다. 그동안 은지의 밝아진 얼굴을 보며 내 얼굴도 환해졌다.

패스트푸드점으로 들어간 은지는 배가 고팠던지 피자를 보자
마자 입맛을 다셔 가며 먹기 시작했다.

저 귀여운 것이 무슨 죄가 있다고, 나는 스스로를 탓했다.

"아빠도 먹어."

은지가 고사리 같은 손으로 피자를 내밀었다.

"또 먹고 싶은 것 없니?"

말했지만 은지는 고개를 저으며 피자만 먹었다. 배가 많이 고
팠던 모양이었다.

"콜라 마시면서 천천히 먹어."

은지의 머리를 쓰다듬으며 말했다.

은지는 아빠와 함께 있는 것이 좋은 모양이었다. 은지의 얼굴
에서 미소가 떠나가지 않았다.

은지가 피자를 다 먹도록 나는 바라보고만 있었다.

"엄마……."

말을 하려다가 멈추었다.

그녀의 생활에 내가 끼어들어야 할 이유는 없었다. 하지만 은
지를 집에 홀로 남겨 두고 아직까지 들어오지 않은 시은이 못마
땅했다.

"아빠 집에 언제 올 거야?"

"아빤 일 때문에 집에 못 들어가. 그러니까 아빠가 갈 때까지

엄마 말 잘 듣고 있어야 돼?"

그 말에 은지의 얼굴이 시무룩해졌다.

"엄만 미워. 엄마는 은지가 미운가 봐. 요즘은 잘 놀아주지도 않고."

"아니야. 엄마도 은지를 사랑하고 있어. 스무 밤만 더 자면 아빠가 은지 데리러 갈게. 그때까지는 엄마 말씀 잘 듣고 있어야 돼. 알았지?"

"으응 아빠."

은지가 고개를 끄덕였다.

패스트푸드점에서 나오기 전에 집으로 전화했다. 그러나 신호음만 무색하게 들려 올뿐 그 이상의 소리는 들려오지 않았다. 시은의 휴대전화로 다시금 전화를 걸었지만 역시 통화를 할 수는 없었다.

벌써 날은 어두워지고 있었다.

은지를 아무도 없는 집으로 돌려보낼 수가 없었다. 은지가 놀이 공원에 가고 싶다고 했지만 너무 늦은 시간이었기에 다음에 가기로 은지와 약속했다. 대신 인형을 사 주었다.

은지가 졸린 눈으로 끔뻑거리고 있는 것이 안쓰러워 나는 하는 수 없이 아파트로 발길을 옮겼다.

전화벨이 울린 것은 그즈음이었다.

— 은지 혹시 같이 있어요?

저편에서 시은의 안절부절못하는 목소리가 들려왔다.

"도대체 어떻게 된 거야. 애를 혼자 놔두고 어딜 그렇게 다니는 거야."

나는 화를 내며 쏘아붙였다. 화난 목소리에 은지가 깜짝 놀랐던지 말을 더듬고 있었다. 그제야 나는 차분히 마음을 가라앉힐 수 있었다.

"엄마!"

은지가 저만치 서 있던 엄마를 알아보고는 손을 흔들며 달려갔다. 그 뒤를 내가 무거운 발걸음으로 걸었다.

"아빠가 피자도 사주고 또 이것도 사 줬어."

은지가 곰 인형을 시은의 앞으로 내밀며 자랑했다.

"그렇게 은지가 귀찮으면 오늘이라도 당장 데려갈게."

시은을 쏘아보며 말했다.

"그게 무슨 소리예요?"

"그건 당신이 더 잘 알잖아."

나는 은지를 내려다보았다.

"엄마 말 잘 듣고 있어야 돼?"

은지가 고개를 끄덕였다. 나는 은지의 볼에 입맞춤을 해 주고는 다시 차를 향해 걸어갔다.

"아빠, 사랑해."

은지가 손을 흔들었다.

그 소리를 듣는 순간 발걸음이 떨어지지 않았다. 그렇다고 은지를 무작정 데리고 갈 수도 없는 노릇이었다. 아무것도 준비되어 있지 않은 상황에서 은지를 데려가 고생시킨다는 것은 못할 짓이기 때문이었다.

그동안 써 오던 원고를 탈고하고 한결 여유로운 오후를 맞이하고 있었다. 그리고 그동안 미루어 두었던 청소를 할 생각이었다.

나는 빗자루를 들고 바닥 청소를 시작했다. 그때 말없이 놓여 있던 휴대전화에서 긴박한 벨 소리가 울려 퍼졌다.

– 은지 아빠?

"네. 그런데 누구시죠?"

– 저 옆집 지우 엄마예요. 교통사고가 났어요. 은지가 많이
   다쳤어요. 빨리 병원으로 와 주세요.

그 순간 가슴이 철렁 내려앉았다.

"그……그게 무슨 소립니까?"

불길한 기운이 저편에서 흘러와 가슴을 조이기 시작했다.

– 빨리 와 주세요. 빨리!

"그럴 리가……. 은지가 확실해요?"

나는 믿을 수 없다는 듯 다시 되물었다.

― 아파트 상가 앞 큰길에서 그만 은지가…… 어떡해요.

전화를 끊고 집으로 다급하게 전화를 걸었다. 은지가 전화를 받기를 기대했지만 기대는 곧 어긋나고 말았다. 다시금 시은의 휴대전화로 전화를 걸어 보았지만 그녀의 휴대폰은 꺼져 있었다.

병원, 그곳이 어디더라……. 머릿속은 텅 비어 방향감각을 상실했다.

병원으로 향하는 내내 입은 타들어가고 있었다. 교통 체증으로 속력을 내지 못하자 점점 더 조급해졌고 안절부절못했다.

은지가 많이 다치지 않았으면 하는 바람으로 지름길을 찾아 핸들을 돌렸다. 그동안에도 시은의 소재를 파악하려 했지만 그녀와는 아무런 연락도 이루어지지 않았다.

야속한 사람, 시은이 그토록 야속하게 느껴지기는 처음이었다. 아파하고 있을 은지를 생각하면 시은을 용서할 수 없을 것만 같았다.

병원 주차장에 차를 주차시키고 서둘러 응급실을 향해 뛰어갔다.

'많이 다치지는 않았을 거야. 그래 가벼운 찰과상쯤일 거야.'

그렇게 마음을 애써 진정시켰다.

응급환자의 신음소리가 먼저 들려왔다. 나는 하얗게 질린 얼굴로 이곳저곳을 살폈다.

"은지 아빠! 여기예요."

마침 발을 동동 구르고 있던 지우 엄마가 나을 알아보며 은지
가 누워 있는 곳으로 안내했다.

"은지야!"

뭔가 잘못되어 가고 있는 것이 분명했다.

"제발……."

병상에 힘겹게 숨을 고르고 있던 피투성이의 은지를 보는 순
간 가슴은 찢어지는 것만 같았다.

"……은지야?"

그러나 은지는 대답이 없었다. 은지를 흔들어 보았지만 역시
소용이 없었다.

가슴이 찢어지는 것만 같았다. 무너져 내리는 가슴을 더는 주
체할 수 없을 것만 같았다.

삐…….

그때 심장 감시장치에서 삭막한 전자음이 들려 나왔다. 전자
음은 점차 가늘어지기 시작했다. 그러다가 한 순간 심장이 멎었
다는 전자음이 다급하게 들려 나왔다.

"심실제세동기!"

의사가 소리치며 심폐소생술(CPR)을 시작했다. 그리고 뒤이
어 간호사가 제세동기를 재빠르게 옮겨왔다.

간호사가 제세동기를 켜고 단추를 누르자 의사가 세동제거용
전극판을 양손에 잡았다. 뒤이어 간호사가 전극에 액상의 젤로

42

이루어진 전도 물질을 발랐다. 그러자 의사가 전도 물질이 묻은 전극판을 다급하게 마주 비볐다.

"100J(Joule) 차지(charge) ……shoot!"

세동제거용 전극 판이 은지의 우측 쇄골 직하부와 좌측 유두의 액와 중앙선에 닿았다. 그리고 축전 장치에서 발생한 전류가 세동제거용 전극 판을 통해 은지의 피부와 흉곽을 거쳐 심장으로 전달되었다. 동시에 피투성이가 된 은지의 연약한 몸이 전기 충격을 받아 병상 위로 연약하게 풀썩이다가 가라앉았다.

여전히 심장 감시장치는 아무런 반응도 보이지 않았다. 심전도의 전자 영상은 여전히 일직선이었다.

"200J 차지 ……shoot!"

다시 한 번 은지의 연약한 몸이 병상 위로 힘겹게 풀썩거렸다. 그러고는 그만이었다.

"300J 차지 ……shoot!"

다행히도 전자 영상이 곡선을 그리며 뛰기 시작했다. 의사의 입에서 한숨이 쏟아져 나왔다. 의사는 이마에 송골송골 맺힌 땀을 닦아 내었다.

"마취과에 연결해서 수술 준비해. 그리고 중환자실(ICU) 자리 준비하고."

"선생님 신경외과 응급수술 있습니다."

의사의 말에 인턴으로 보이는 젊은 의사가 벽에 걸려 있던 수화기를 들고 말했다.

"보호자 어디계세요?"

"네, 우리 은지는 괜찮은 겁니까?"

"지금 상태가 좋지 않습니다. 지금 곧 응급수술 들어가야 합니다."

의사가 위급 상황을 상기시켰다.

"우리 은지, 은지를 꼭 좀 살려 주세요."

05

그날 밤 은지의 엄마가 소식을 듣고 뒤늦게 나타났다.

은지가 사고를 당했을 시간에도, 은지가 사고를 당했다는 소식을 듣기 전까지도 함께 있었을 기주와 함께.

무슨 낯으로 기주까지 데리고 나타날 수 있단 말인가. 무슨 염치로 은지 앞에 나설 생각을 했단 말인가.

시은이 기주를 만나러 나가지 않고 집에 있었더라면 은지는 그런 사고를 당하지 않았을 것이다.

나는 끌어 오르는 울분을 참을 수가 없었다. 하지만 아픈 은지를 앞에 두고 시은을 나무랄 수는 없었다.

"은지가, 우리 은지가 어떻게 된 거예요?"

시은이 나를 향해 조바심 섞인 얼굴로 물어왔다.

"……."

나는 시은의 옆에 낯 두껍게 서 있던 기주를 노려보았다. 그리고 매정하게 돌아섰다. 아무 말도 하고 싶지 않았다.

"말해 봐요. 도대체 어떻게 된 거예요?"

심상치 않음을 눈치챘는지 시은의 얼굴은 하얗게 질려 있었다.

"아직 수술 중이야. 수술이 끝나 봐야 알 수 있을 것 같아."

내가 해 줄 수 있는 말은 그 말뿐이었다.

"우리 은지……."

시은은 어찌할 바를 모르다가 그만 기주에게 풀썩 쓰러지고
말았다.

"괜찮을 거야. 그래 그럴 거야."

모성은 서러움에 복받쳐 절규하듯 부르르 떨기 시작했다. 그
런 시은의 등을 기주가 위로하듯 토닥여 주었다.

"선생님 어떻게 됐습니까?"

수술이 끝난 후 의사와 마주하고 앉았다.

내 얼굴은 초조함과 불안함으로 창백했다. 시은 역시 걱정스
러움에 숨이 막힐 지경인 것 같았다.

그런 우리 앞에 의사가 담담한 표정으로 앉아 있었다.

"수술은 성공적이었습니다."

의사의 말에 나는 한숨을 가늘게 쏟아 내었다. 시은의 입에서
도 덩달아 안도의 한숨이 새어 나왔다.

"하지만 사고 직후 출혈이 심한 쇼크 상태였습니다. 그래서인
지 아직까지도 혈압과 맥박이 안정되지 않습니다."

"그게 무슨 말입니까?"

나는 일순간 당혹스러웠다.

"경과를 두고 봐야 알 것 같습니다. 오늘이 고비가 될 수도 있을 것 같습니다."

"수술은 성공적이었다고 말하지 않았습니까? ……그럼 우리 은지가 위험하다는 말입니까?"

나는 벼랑 아래로 한없이 떨어져 내렸다.

"고비라니요?"

시은이 핏기 하나 없는 얼굴로 의사에게 되물었다.

"속단은 이르지만 뇌사 가능성이 있습니다."

"뇌……뇌사라면……."

"뇌에 이리버서블 체인지(irreversible change)가 발생한 것 같습니다. 계속해서 뇌파를 체크하고 있기는 하지만 현재로선 기다리는 수밖에……."

"그럴 리가……. 그럴 리가 없어요. 은지는 강한 아이라고요."

시은의 눈에서 하염없이 눈물이 쏟아져 내렸다. 시은은 의사의 말이 믿을 수 없다는 듯 계속해서 고개를 저었다.

눈앞이 캄캄해짐과 동시에 현기증이 느껴졌다.

"죄송합니다."

"……."

어쩌면 그런 일이 벌어질 수 있단 말인가. 가슴이 먹먹해졌다. 그 사이로 울컥 설움이 쏟아져 나와 금방이라도 심장을 멎

47

을 것만 같았다.

나는 넋이 반쯤 빠져나간 사람처럼 멍하니 앉아 있었다. 시은 역시 의사의 말에 당혹스러움을 감출 수가 없는 것 같았다.

의사와 면담을 마치고 나온 시은은 얼마 걸어가지 못하고 바닥에 털썩 주저앉고 말았다. 그런 시은을 일으켜 벤치에 앉혔다. 시은은 흐느껴 울기 시작했다.

아무 생각도 들지 않았다. 그저 멍할 뿐이었다. 나 역시 망연자실 앉아 있을 뿐이었다.

'그래, 우리 은지를 그대로 보낼 수 없어. 아직도 희망은 있는 거야. 의사도 아직 희망은 있다고 했잖아.'

지푸라기라도 잡는 심정으로 희망이라는 단어를 떠올렸다.

삶과 죽음의 경계에서 힘겹게 싸우고 있을 딸 은지를 위해서라도 비관하고 있을 수만은 없었다.

자리에서 일어난 나는 서둘러 중환자실을 향해 걸었다. 은지가 빨리 보고 싶다는 생각뿐이었다. 은지를 혼자 내버려 두어서는 안 된다는 생각뿐이었다. 오직 은지를 지켜 주어야 한다는 생각뿐이었다. 하지만 자꾸만 자신이 없어지는 건 어찌 된 일인지.

병상에 홀로 외롭게 누워 있는 은지를 보면서 서러움이 복받쳐 올라오는 것을 억누를 수가 없었다. 저 어린것이 아빠 엄마도 없이 저렇게 가엾게 누워 있다니. 아빠를 용서하렴. 은지는 인공호흡기에 실낱같은 삶을 의지하고 있었다.

"은지야, 아빠야!"

대답은 없었지만 은지가 금방이라도 눈을 뜰 것 같았다. 당장이라도 아무 일 없었다는 듯이 방긋 웃어 줄 것만 같았다. 그런데 은지는 너무도 가냘프고 여리게 누워 있었다.

세상이 원망스러웠고 나 자신 또한 원망스러웠다. 아빠로서 딸을 지켜 주지 못한 것이 더더욱 한스러웠다.

은지를 대신해서 내가 그 병상에 누워 있을 수만 있다면 얼마나 좋을까 라는 생각을 했다. 세상에 태어나서 그렇게 가슴 아프고, 슬프다고 느낀 적은 단 한 번도 없었다.

은지를 살릴 수만 있다면 그 어떤 일이라도 할 수 있을 것 같았다. 내 목숨을 내놓으라고 한다면 그것조차도 마다하지 않고 서슴없이 내놓을 수 있을 것 같았다. 세상 모든 부모들이 그렇듯이.

은지는 금방이라도 어찌 될 것만 같았다. 나는 그런 은지의 손을 간절하게 움켜잡았다.

"은지야, 아빠 목소리 들리니?"

다른 한 손으로 은지의 볼을 쓰다듬었다.

우리 은지 기억나니?

그때도 우리 은지 이렇게 많이 아팠는데. 그래서 아빠가 얼마나 아팠는데. 그때 약속했잖아. 다시는 아프지 않겠다고.

은지가 아프면 아빠는 은지보다 더 아프다는 걸 은지도 알고 있잖아. 그래, 은지가 아픈 만큼 이 아빠도 은지처럼 아팠으면 좋겠어. 그래야 우리 은지가 얼마나 아픈지 아빠도 알 수 있을 테니까.

06

지현과 시은을 처음 본 것은 동아리 사무실이었다.

하지만 나는 그들과 가까운 존재가 되리라고는 생각해 본 적이 없었다. 그러나 어느 날부터인가 우리는 함께였다.

지현과 시은은 같은 과 절친한 친구 사이였다. 그리고 닮은 곳도 많아서 남들이 보기에 쌍둥이로 오해할 정도였다.

나는 시은 보다는 지현을 더 좋아했다. 그 사이를 항상 시은이 비집고 들어오곤 했다. 그렇게 우린 단 하루도 떨어져 지내 본 적이 없었다. 시은은 지현과 나 사이를 서성거리는 입장이었다.

시은은 자신이 끼어들 틈이 없음을 알면서도 나와 지현의 곁에서 떨어지려 하지 않았다. 그렇게 시은은 우리 둘 사이에 끼어들지 못해 안달하곤 했다.

내 마음은 늘 지현에게로 향해 있었다. 그처럼 시은은 지현에게 가려져 내 눈에는 들어오지 않았다.

즐거울 때나 힘들 때면 내 옆에는 오직 한 사람 지현만이 있었다. 그 모습을 지켜보던 시은은 우리의 사랑에 질투를 내곤 했다. 질투를 느끼면서도 시은은 나와 지현의 가까이에 있을 수 있다는 것이 왠지 좋은 것 같았다.

누구도 부정하지 않는 영원할 것 같은 사랑이었다. 언제까지 나 행복할 수 있을 것 같았다. 그런데 언제부턴가 지현의 얼굴에 그늘이 깃들기 시작했다. 지현의 얼굴처럼 내 얼굴도 어두워졌다.

사랑하는 사람은 닮는 모양이다.

그러나 그 누구도 지현이 왜 그토록 우울하고 힘겨워하는지 알지 못했다. 나 역시 마찬가지였다.

그 해 겨울이었다.

나는 짝 잃은 외기러기가 되어 지현을 찾아다녔다. 하지만 그 어디에도 지현은 보이지 않았다. 지현은 그 어떤 흔적도 남기지 않은 채 내 곁을 한순간 떠나가 버리고 말았다.

- 지현이가 없어졌어.

시은과의 술자리에서였다.

내가 한 말은 그 한마디뿐이었다.

나는 속절없이 술을 마셨고 날개 잃은 새처럼 망연자실 주저앉아 괴로워했다. 그리고 다음 해 봄 지현이 암으로 투병하다가 죽었다는 소식을 시은으로부터 들을 수 있었다. 그토록 보고 싶어 했던 지현이가 그것도 암으로 투병을 하다가 죽다니 믿어지지 않는 일이었다.

지현이 떠나간 이후 내 가슴 한 자리에는 황폐함만이 남아 있었다. 그토록 사랑하고 의지했다면 그렇게 막연한 기다림만을 남겨 놓을 수는 없는 일이었다.

비가 내리던 어느 봄날이었다. 내 모습은 엉망이었다.

― 어떻게 그렇게 쉽게 갈 수 있는 걸까? 단 한마디도 없이.

지현이가 너무 불쌍해.

시은이 말했지만 나는 대답 대신 술잔을 기울일 뿐이었다. 나는 마음의 병을 얻어 시름시름 앓고 있는 중이었다.

― 나 어떻게 살지?

지현이 없는 나는 스스로 무의미한 존재가 되어 버렸다. 그런 내게서 의욕이란 전혀 찾아볼 수 없었다.

사람이 그렇게 까지 무너져 내릴 수 있고, 그렇게 까지 절망할 수 있는지 나는 처음 알았다.

사랑은 나를 좌절로 이끌었다. 앞으로는 사랑을 할 수 없을 것 같았다.

그 누구의 도움도 받고 싶지 않았다. 무너질 수 있는데 까지 무너져 내리고 싶었다. 차라리 그 끈질긴 삶마저도 포기하고 싶은 심정이었다.

나는 끝까지 혼자이기를 고집했다. 나는 견딜 수 없어 여행을 떠났다. 그리고 1년 만에 되돌아 왔다. 캠퍼스를 지키고 있던 것은 시은뿐이었다.

여전히 혼자인 나는 외로웠다. 그 빈자리를 시은이가 채워주기 위해 다가왔다.

나는 많이 변해버렸다. 나 스스로도 나 자신이 생소할 정도였다.

시은은 지현의 자리를 대신하려는 듯 내 주위에서 잠시도 벗어나려 하지 않았다. 그러나 나는 시은에게 눈길 한 번 주지 않았다. 내가 외면하면 할수록 시은의 외사랑은 점점 깊어져만 갔다. 내게 향하는 시은의 마음은 갈수록 집착에 가까워졌다.

자신의 사랑을 받아 주지 않는 내게서 시은은 사랑을 장담했다.

지현의 말이 나올 때마다 내 얼굴은 어두워졌다. 아직도 나는 지현에게서 마음을 접지 못했다.

그날은 술에 흠뻑 취해 몸조차도 가누지 못했다. 그런 나를 시은이 집까지 바래다주겠다고 했다.

그날 밤 이후 시은은 더 깊게 나를 알고 싶어 했다. 그리고 내 기억에서 지현의 추억을 송두리째 빼앗으려 했다. 그리고 그것이 사랑이라고 단정하는 것 같았다.

"나 아이를 가졌어."

그 말을 듣는 순간 나는 저절로 고개를 숙이고 말았다.

"……."

"선배가 지우라면 지울게."

54

시은은 오히려 담담한 표정이었다.

시은은 모든 것을 나에게 떠맡기고 있었다. 시은은 예전과는 달리 오히려 자신을 내 앞에서 내세우지 않았다.

한방 근사하게 날리 듯 시은은 나를 향해 역공을 해 온 셈이었다. 이제 결정은 나의 몫이었다.

어머니였다면 시은처럼 그런 말을 했을까?

자신의 몸속에서 꿈틀거리고 있는 생명을 앞에 두고 그런 무책임한 말을 할 수는 없었을 것이다. 그런데도 시은은 뻔뻔하리만치 당당하게 그런 말을 하고 나선 것이다.

― 마음대로 해. 네가 원하는 대로 해 줄게.

하지만 나는 차마 그런 말을 할 수가 없었다. 그 순간 나는 까마득히 먼 지난 과거 속을 헤매고 있었다.

07

유리알처럼 투명하고 더 없이 맑은 눈을 지닌 여자가 있었다.

활기찬 성격의 여자에게는 꾸미지 않은 아름다움과 순박함이 가득했다.

여자가 사랑에 눈뜨기 시작했다.

여자의 사랑은 점점 깊어져만 갔다. 단 하루도 남자를 보지 못하면 안절부절못하는 사이가 되었다.

남자의 사랑은 영원할 것만 같았다. 남자는 사랑의 결실을 맺기 위해 최선을 다할 거라며 여자를 안심시켰다. 남자는 사랑의 결실을 맺기 위해서는 서로 믿음을 저버리지 말아야 한다고 말했다. 여자도 그러리라 다짐했다.

그러던 어느 날 여자는 친구에게서 남자가 결혼한다는 말을 들었다.

여자는 믿지 않았다. 아니 믿을 수가 없었다. 여자는 그럴 리 없다고 부정했다.

여자는 조바심을 이겨낼 수가 없었다.

결혼식 당일 여자는 결혼식장을 찾아갔다. 하지만 여자는 결혼식장에 발을 들여놓기도 전에 쫓겨나고 말았다.

여자는 먼발치에서 남자를 지켜볼 수밖에 없었다.

너무도 야속하고 무책임한 일이었다.

상상도 못했던 남자의 변심이었다.

남자는 결혼식을 치른 뒤 곧바로 유학을 떠나고 말았다. 결국 여자는 남자에게 농락당한 꼴이 되고 말았다.

남자의 진심이 아닐 거라고 여자는 생각했다. 하지만 시간이 흐를수록 여자는 남자의 배신을 받아들여야 했다.

여자는 세상을 살아갈 용기가 없었다. 오로지 죽고 싶은 심정 뿐이었다.

여자는 자살을 결심했지만 그것마저도 뜻대로 되지 않았다. 자살 시도는 무위로 돌아가고 병원으로 실려 간 여자는 임신 사실을 알게 되었다.

임신은 여자에게 외면할 수 없는 희망이 되었다.

어머니가 반대했지만 여자는 아기를 포기할 수 없었다. 여자에게는 뱃속의 아기가 세상의 전부였고 살아가는 의미이기도 했다. 그렇지만 여자는 아기의 우렁찬 울음소리를 듣지 못했다. 여자는 출산의 고통을 이기지 못한 채 수술실에서 나오지 못했다.

그렇게 아이는 태어나면서부터 혼자였다.

아이에게는 할머니가 전부였다. 단 한 번도 아빠와 엄마라는 말을 해 본 적이 없었다.

유치원을 다니기 시작하면서 아이는 엄마와 아빠의 절실함을 느꼈다. 유치원에서 발표회가 있을 때면 더더욱 그랬다.

그럴 때면 아이는 누가 뭐라고 하지 않았는데도 저절로 주눅 들곤 했다.

아이가 할머니에게 왜 자기는 엄마와 아빠가 없냐고 물었다. 하지만 그때마다 할머니는 너무 멀리 있어서 아빠 엄마가 올 수 없는 거라고 말하곤 했다.

도대체 얼마나 먼 곳에 있기에 오지 못하는 것일까.

어느 날 아이는 막무가내로 아빠와 엄마를 찾아가겠다며 때를 쓰기 시작했다. 그러자 할머니가 품에 소중히 간직해 두었던 딸의 사진을 꺼내 아이를 달래기 시작했다.

아이는 그 사진 속에서 처음으로 엄마의 얼굴을 볼 수 있었다.

이제 아이는 유치원에서 한 번도 본 적이 없는 엄마의 얼굴을 그리기 위해 걱정하지 않아도 되었다.

"불쌍한 것."

할머니는 늘 그런 말을 하곤 했다. 아이는 할머니가 왜 그런 말을 하는지 이해할 수 없었다. 어쨌든 아이는 한 번도 만나지는 못했지만 자신에게도 엄마가 있다는 것이 무엇보다도 행복했다.

"할머니, 그럼 아빠하고 엄마는 언제쯤 나를 데리러 온데?"

"한 스무 밤쯤 자면 올 거야."

아이는 할머니의 말을 철석같이 믿었다. 아빠와 엄마는 먼 곳에 있기 때문에 오는데도 그만큼 많은 밤이 지나야 한다고 아이는 생각했다.

아이는 하루하루를 손꼽아 기다렸다. 하지만 아이는 열 까지밖에 셀 수 없었다. 열을 세고 나면 아이는 다시 하루를 손꼽기 시작했다. 아이에게 스무 밤은 꽤 길었다.

계절이 바뀌고 해를 넘겨 아이가 스물을 셀 수 있을 때 아이는 할머니가 거짓말을 하고 있다는 것을 알았다.

"우리 현빈이 초등학교에 들어가면 그때쯤 올 수 있을 거란다."

아이는 할머니의 말을 믿을 수밖에 없었다. 그래서 아이는 할머니에게 초등학교를 보내 달라고 생떼를 쓰기 시작했다.

초등학교에 입학하던 날 아이는 엄마 아빠를 만날 수 있다는 생각에 들떠 있었다. 하지만 입학식이 끝나도록 엄마 아빠는 오지 않았고 아이는 풀이 죽어 있었다.

그 모습을 지켜보는 할머니의 눈시울은 점차 붉어졌다. 할머니는 차마 아이의 얼굴을 똑바로 볼 수가 없었다. 그런 할머니의 마음을 알기라도 했다는 듯 아이는 대견스럽게도 할머니에게 투정부리지 않았다.

아이는 집으로 돌아오는 동안 한마디도 하지 않았다. 그저 할머니의 손을 꼭 잡고 걸을 뿐이었다.

그날 이후로 아이는 할머니 앞에서 아빠와 엄마에 대한 얘기를 다시는 하지 않았다.

아이의 입학식 이후로 할머니는 시름시름 앓기 시작했고 급기야 거동조차 하기 힘들어졌다.

할머니가 아프기 시작하면서 아이는 부쩍 어른스러워졌다.

"할머니 아프면 안 돼. 할머니 아프면 나도 아플 거야. 그러니까 할머니 아프지 마."

할머니는 아이가 걱정이었다. 혼자 남겨질 아이를 생각하면 가슴이 아파 하염없이 눈물만 나왔다. 그럴 때면 아이는 고사리 같은 손으로 할머니의 눈물을 닦아 내었다.

그러던 어느 날, 그날도 아이는 학교에서 돌아와 할머니를 먼저 찾았다. 그러나 그 어디에도 할머니는 없었다.

아이는 할머니를 찾았지만 그날 이후로 더는 할머니를 볼 수 없었다.

아이는 할머니가 자신을 버리고 먼 곳으로 가 버렸다고 생각했다. 아빠와 엄마처럼.

아이는 서러웠다. 하지만 왜 그리 서러운지 아이는 알 수 없었다.

아이는 죽음에 대해서 눈을 뜨기에는 아직 어린 나이였다. 단

지 가까이에 있던 할머니를 더는 볼 수 없다는 것이 아이는 싫
었다.

아이는 그때 처음으로 슬픔과 외로움을 알게 되었다.

할머니의 죽음 이후로 아이는 할아버지 조카의 양자로 입양
되었다. 슬하에 자식이 없었기 때문에 눈 여겨 두었던 아이를
자청해서 양자로 받아들였던 것이다.

돌아가신 할머니가 보고 싶었지만 그럴수록 그리움만 쌓일
뿐이었다.

아이가 친부모에 대해서 알게 된 것은 중학교 때였다. 그렇
게 기다림은 부질없는 일이 되어 버렸다. 그 이후로 아버지란
말은 아이에게 더는 아무런 의미도 부여할 수 없는 단어가 되
고 말았다. 아버지란 존재를 아이는 자신의 삶에서 철저하게
지워 버렸다.

08

아버지, 그는 너무도 무책임한 사람임이 분명했다.

어머니를 버린 그 남자, 어머니를 궁지로 몰아넣은 그 남자를 앞으로도 영영 용서할 수가 없을 것이다.

지금쯤 그 사람은 무엇을 하고 있을까?

아마도 아버지라는 가면을 뒤집어쓴 채 자식들과 함께 여유로운 노년을 보내고 있을 것이다. 가끔 자식들에게, 손자들에게 인자함을 가장한 웃음을 지으면서.

나는 되살아나는 아버지에 대한 증오심을 억누를 수가 없었다. 난감할 따름이었다. 아버지를 증오하기 시작한 그 순간부터 지금까지 왜 나는 아버지가 될 거라는 생각을 단 한 번도 해보지 못했던 것일까.

막상 아버지가 된다니, 나는 자신이 없었다. 차마 시은의 얼굴을 쳐다볼 수 없었다.

벌써 시은이 임신했다는 말을 한지 한 시간이 지나가고 있었다. 그러나 그동안 나는 단 한마디도 하지 않은 채 창밖을 의식할 뿐이었다.

그토록 증오했던 그런 아버지가 되고 싶지는 않았다. 과연 좋은 아버지가 될 수 있을지 그것이 걱정이었다. 아버지의 정을 받아 보지 못한 나로서는 어쩌면 당연한 일이었다.

아버지. 그 단어가 자꾸만 머릿속을 굴러 다녔다.

"내가 청혼해 주길 바라니?"

"……."

그러나 시은은 대답이 없었다.

"우린 불행해 질지도 몰라."

불현듯 불행이라는 단어를 떠올렸다.

"그렇지 않을 거야."

"널 사랑할 수 있을지 모르겠어."

"이젠 나를 사랑해야 될 거야. 그리고 우리 아기도……."

그 말은 나에 대한 선전포고나 다름없는 말이었다.

"노력해야 하겠지. 하지만 강요는 하지 마. 난 아직도 자신이 없으니까. 하지만 약속할게. 우리 아기를 위해서."

이미 시은은 강경한 태세였고 나는 저항할 만한 적당한 무기를 찾을 수가 없었다. 부모와 자식, 그 인연의 끈을 나는 놓을 수가 없었다. 어머니를 생각하면 더더욱 그랬다.

"아빠는 우리 은지가 얼마나 보고 싶은 줄 아니? 아빠는 은지가 엄마 뱃속에서 나올 그날이 무지무지 기다려져. 엄마 뱃속에 있는 동안 잘 먹고 잘 자면서 건강하게 나와야 된다, 은지야."

나는 점점 아버지가 된다는 흥분에 사로잡혔다. 벌써부터 아기의 이름까지 지어 놓은 상태였다. 시은이 아들이면 어떡하느냐고 말했지만 나는 딸이 좋다고, 딸이 분명하다고 단정해 버렸다.

어느 날 회사로 급하게 전화가 걸려 왔다.

– 나 많이 아파.

집에서 걸려 온 전화였다. 서둘러 집으로 향한 나는 시은에게 몸살기가 있음을 알았다. 병원에 가자고 했지만 시은은 그렇게까지 심한 정도는 아니라며 만류했다. 그리고 좀 누워 있으면 나아질 거라고 했다. 하지만 나는 걱정이 여간 아니었다.

그날 밤 나는 시은의 옆에서 잠시도 떠나지 않고 밤새도록 물수건을 만들어 달아오른 시은의 이마를 식혀 주었다. 수 없이 그 일을 반복하면서도 나는 걱정을 겨우겨우 지우고 있었다. 태아와 산모를 위해서 아빠인 내가 해야 할 일이기 때문이었다.

그때처럼 시은에게 정성스러웠던 적은 없었을 것이다. 나는 그것이 아버지가 되어 가는 과정이라고 생각했다. 그리고 그날은 그리 오래 걸리지 않았다.

시은은 벌써 8시간째 힘겨운 싸움을 벌이고 있었다. 좀처럼 아기는 나올 생각을 하지 않았다.

나는 그 시간 동안 내내 아기의 탄생을 기다리며 조바심을 내고 있었다.

시은보다 일찍 들어간 산모들은 벌써 출산을 끝냈지만 시은은 초산이라 시간이 걸린다고 했다. 하지만 시간이 걸리면 걸릴수록 나는 불안하기만 했다.

한 시간이 마치 몇 달처럼 느껴지는 기다림의 시간이었다. 그 시간 동안 나는 물 한 모금 제대로 마실 수 없었다. 산통이 오기 시작한 지 10시간 만에야 아기가 태어났다.

"채시은 산모 보호자님."

간호사가 아기를 가슴에 안고 나왔다. 은지와의 첫 만남이었다.

예쁜 딸이었다. 나는 간호사에게서 아기를 받아 안고 유심히 들여다보았다. 그 힘든 일을 겪고 세상에 나왔음에도 아이는 아빠를 보자마자 동그란 눈으로 방실방실 웃어 주었다. 그 기쁨과 설렘에 나는 감격했다.

"이 녀석, 네가 엄마를 그렇게 고생시킨 녀석이구나."

환하게 웃던 나는 아이의 볼을 손가락으로 살며시 어루만졌다.

은지가 먹지도 않고 잠도 자지 않은 채 자꾸만 울어 대고 있었다.

병원에도 가 보았지만 소아과 의사는 발열이 조금 심할 뿐이라고 말했다.

의사가 조제해 준 대로 가루약을 먹이기는 했지만 은지는 통

기력을 찾지 못했다.

시은은 어찌할지 모른 채 발만 동동 굴렀고 약국에서 포도당을 사다가 물에 타 주기도 했지만 소용이 없었다.

그런데 용케도 은지는 내 품에 안기면 울지 않았다. 열이 38도나 올랐는데도 은지는 가끔 끙끙 앓는 신음소리만 낼뿐이었다. 품에 안긴지 오래지 않아 은지는 새근새근 곤한 잠에 빠져들었다.

하지만 은지를 내려놓으려고 하면 은지는 기다렸다는 듯이 울기 시작했다. 시은이 그런 은지를 다시금 달래었지만 은지는 통 울음을 그칠 줄 몰랐다.

할 수 없이 내가 은지를 받아 안으면 은지는 울음을 뚝 그치곤 했다.

"은지는 아빠만 좋은가 봐."

시은이 샘을 내며 얄궂게 은지의 볼을 살짝 꼬집었다. 그러면서도 시은은 아빠만 따르는 은지가 밉지 않은 모양이었다. 그나마 은지가 아빠의 품에 안겨 편안하게 잠을 잘 수 있다는 것이 시은을 안심시키는 듯했다.

잠시도 떨어지려 하지 않는 은지를 배 위에 올려 재울 때면 은지의 심장 박동이 작고 고요하게 느껴져 왔다. 그렇게 은지도 아빠의 심장 소리를 들었을 것이다. 그 심장 소리는 은지에게 자장가로 들렸을 것이다.

정성스럽게 자장가를 불러 주며 이제 갓 백일이 지난 은지의 숨소리가 소곤거릴 때면 나는 가슴 뿌듯함을 느끼곤 했다.

은지가 아플 때면 나는 잠시도 은지에게서 떨어지지 않았다. 시은도 은지가 아플 때면 으레 내 품에 안겨 있어야 한다고 생각했다.

예방 접종을 할 때도 시은이 안고 있으면 은지는 기다렸다는 듯이 울음을 터뜨렸다. 하지만 내가 안고 있을 때면 은지는 아무리 아픈 주사를 맞더라도 희한하게 울지 않았다.

"이 울음보."

시은은 그럴 때면 샘이 나는지 은지의 볼을 살짝 꼬집어 주곤 했다. 마치 은지를 경쟁자로 생각하는 것처럼.

급성 폐렴에 걸려 은지가 병원에 입원했던 적이 있었다. 나는 만사를 제쳐놓고 은지가 나을 때까지 병실에서 단 한 발짝도 떠나지 않았다.

"은지야. 이제 괜찮아질 거야. 우리 은지 더는 아프지 않을 거야. 아빠가 은지 곁에 이렇게 있잖아. 은지야, 아빠가 우리 은지를 지켜 줄게. 그러니까 은지는 아빠만 믿어. 아빠도 은지를 믿을 테니까."

인공호흡기에 가까스로 삶을 연명하고 있는 은지를 보면 자꾸만 눈물이 나왔다. 내 옆에 서 있던 시은은 그 말에 울컥 눈물을 쏟았다.

무슨 말을 할 수 있을지. 그렇게 누워 있는 은지를 위해 무엇을 할 수 있을지 나는 막막하고 서럽기만 했다.

은지는 사고를 당한 이후로 의식을 되찾지 못하고 있었다. 하지만 은지가 이겨낼 거라고 나는 굳게 믿고 있었다.

면회를 마치고 시은과 나는 다시 중환자실 밖으로 나왔다.

벌써 이틀째였다. 이틀째 은지는 자꾸만 멀어지려 하고 있었다. 그런 은지를 떠나보낼 수 없는 것은 부모의 심정이었다.

"여기는 내가 있을 게요. 가서 식사라도 하고 오세요."

시은이 말했다. 나는 이틀 꼬박 물 한 모금 넘기지 못하고 있었다. 시은 역시 마찬가지였다.

"난 생각 없어. ……먼저 식사하고 와."

초췌한 얼굴로 중환자실을 주시하던 나는 그 말과 함께 고개를 숙이고 말았다.

"우리 은지 꼭 이겨내겠죠?"

"……."

희망을 접을 수 없어서 나는 고개를 끄덕였다.

언제 깨어날지 모르는 은지, 어쩌면 영영 깨어나지 않을지도 모를 일이었다. 그래서 나는 잠시도 중환자실 앞을 떠날 수가 없었다.

"커피라도 뽑아다 줄까요?"

일어서려던 시은은 어지럼증을 느끼며 다시금 자리에 주저앉고 말았다.

"괜찮아?"

"……."

시은이 고개를 끄덕였다. 하지만 시은의 안색은 형편없이 일그러져 있었다.

"그만 집에 가서 쉬어."

나는 이틀 밤을 꼬박 지새운 시은이 걱정스러웠다.

언제 어떻게 될지 모르는 은지를 지켜 주고 싶은 모성은 좀처럼 내색을 하지 않았다. 하지만 시은은 그만큼 지쳐 있었다.

"잠시 이러고 있으면 나아질 거예요."

"그러지 말고 들어가."

"난 괜찮아요. 우리 은지가 저렇게 누워 있는데……."

시은의 눈에선 속절없이 눈물이 쏟아져 내렸고 좀처럼 안정을 찾지 못하는 것 같았다. 그 모습을 지켜보던 나는 안 되겠다 싶어 자리에서 일어나 시은의 손을 잡아끌었다.

"여긴 내가 있을 게. 그러니까 아무 걱정하지 말고 한숨 푹 자고 나와."

앞으로 막 달려온 택시에 시은을 태우며 안심시켰다. 시은도 더는 고집을 피울 수 없었던지 택시에 몸을 실었다.

"은지가 깨어나면 꼭 전화 주세요. 알았죠?"

"그래."

택시가 출발하는 것을 보고 나는 돌아섰다.

나는 다시 중환자실로 발걸음을 옮겼다.

09

시은은 무작정 걷고 있었다.

시은의 눈에서는 쉴 사이 없이 눈물이 흘러내렸다. 어디로 갈지 모른 채 방향을 잃어 방황하던 시은의 발걸음이 이내 빨라지기 시작했다.

어느새 한쪽 벤치를 차지하고 앉은 시은은 끊임없이 흘러내리는 눈물을 주체하지 못했다. 급기야 더는 주체할 수 없어서 손수건을 꺼내 눈물을 닦았다.

시은의 얼굴은 붉게 상기되어 있었다. 버스를 타기 위해 서 있던 사람들이 그런 시은의 모습을 자꾸만 되돌아보았다. 거리에서 울고 있는 시은의 측은한 모습은 그들에게 호기심 거리였다. 하지만 시은은 그것에는 아랑곳하지 않고 더욱더 서럽게 울기 시작했다.

정작 그러한 것을 원했던 것은 아닌데. 내가 무슨 짓을 한 거지.

손수건은 눈물로 순식간에 젖어들었다. 시은은 더더욱 사무치는 흐느낌을 자제하지 못한 채 그만 엉엉 대며 울기 시작했다.

시은은 차마 고개를 들 수 없었다. 자신이 너무도 부끄럽고 원망스럽기에. 은지의 교통사고가 자신 때문에 벌어진 일이기에 더더욱 아픔을 감당할 수가 없었다.

겨우 집으로 돌아온 시은은 현관 앞에 멍하니 서 있었다.

자신 앞에 닥친 현실이 과연 현실일까, 꿈은 아닐까 하는 생각으로 시은은 괴로워하고 있었다. 그러다가 시은은 그 자리에 털썩 주저앉고 말았다.

더는 눈물도 나오지 않았다.

얼마를 그렇게 텅 빈 막막함으로 앉아 있었을까. 전화벨이 울리기 시작했다. 시은은 병원에서 걸려 온 전화일지 모른다는 생각에 전화기 앞으로 달려갔다.

그러나 수화기를 쉽사리 들지는 못했다.

병원에서 온 전화라면 둘 중에 하나였다. 은지가 위독하거나 아니면 은지가 깨어났다는 소식일 것이다.

한동안 망설이다가 두근거리는 가슴을 진정시키며 시은이 조심스럽게 수화기를 들었다.

"우리 은지……."

– 은지는 어때?

저편에서 기주의 목소리가 들려 나왔다.

"아직은……."

시은은 자신도 모르게 수화기를 내려놓고 말았다. 그러다가

벽에 걸려 있는 세 식구의 가족사진을 무심결에 바라보았다.

현빈과 은지 그리고 시은이 웃고 있는 모습이 그 속에 있었다. 생각해 보면 행복의 단꿈에 젖어 있을 때였다.

그때로 되돌아 갈 수 있다면…….

시은은 욕실에 들어가 샤워를 하고 나왔다. 그리고 지친 몸을 침대에 눕혔지만 잠은 오지 않았다.

자꾸만 눈앞에 은지가 어른거렸다.

두어 시간을 뒤척이던 시은은 안 되겠다고 생각했는지 침대에서 일어나 옷을 입기 시작했다.

그렇게 누워 있는 것보다는 은지의 옆에 조금이라도 가까이 있는 것이 나을 것 같았다.

- OPEN CALL CPR, CODE RED CS, ICU.

스피커에서 긴박한 목소리가 쏟아져 나왔다.

중환자 병실 옆에 마련되어 있는 보호자 대기실로 시은은 바삐 발걸음을 옮겼다.

그곳에는 몇몇 보호자가 있었지만 현빈은 없었다. 순간 시은은 불길한 생각을 했다. 은지가 잘못됐을지도 모른다는 불안한 생각에 시은은 안절부절못했다. 하지만 시은은 그것이 기후였다는 것을 알고는 안심이 되었다.

보호자 대기실에서 나온 시은은 창가 앞으로 다가갔다.

창밖을 내려다보던 시은은 어둠 속에서 낯익은 걸음걸이를 발견했다. 서성이던 걸음걸이는 그림자와 함께 한쪽 벤치에 힘없이 걸터앉았다.

그림자는 팔을 무릎에 대고 두 손으로 머리를 감싼 채 조금의 미동도 보이지 않았다.

시은은 자판기에서 커피를 뽑아 벤치가 있는 곳으로 향했다.

시은의 생각대로 현빈이 그곳에 있었다. 현빈은 무릎에 팔꿈치를 대고 양손으로 얼굴을 감싼 채 앉아 있었다.

시은의 발걸음이 다가갔지만 여전히 현빈은 같은 자세였다.

그렇게 힘없는 모습은, 그렇게 약한 모습은 정말 오랜만에 보는 모습이었다. 시은의 발걸음은 현빈이 앉아 있는 벤치 앞에서 멈추었다.

"마셔요."

시은이 현빈에게 커피를 내밀었다. 그러자 현빈이 고개를 들었다.

"자고 나오라니까."

시은이 내민 커피를 현빈이 받아 들었다.

"잠이 오지 않아서요."

"고마워."

받아 든 커피를 현빈은 한동안 들고 있었다. 그러다가 커피가 거의 다 식었을 때쯤 한 모금 마시고는 옆에 내려놓았다.

74

"내가 미울 거예요. 나도 내가 미우니까요."

시은이 중얼거리듯이 말했다. 하지만 현빈은 아무 말도 없었다. 현빈은 중환자 병실 쪽을 올려다보고 있었다.

그러다가 주머니를 뒤지기 시작했다. 담배를 찾아 현빈이 불을 붙였다. 현빈의 입에서 쏟아져 나온 담배연기는 한숨과 아픔을 동반하며 속절없이 바람에 흩날리고 있었다.

현빈의 손끝이 파리하게 떨리고 있었다.

"은지도 그렇겠죠. 은지도 이 못난 엄마를 미워하고 있을 거예요."

그 말을 하면서 시은이 입술을 질끈 깨물었다. 그렇지 않았다면 다시금 눈물로 걷잡을 수 없이 무너져 내릴 것 같았다.

"은지는 그렇지 않을 거야."

"모두가 내 잘못이에요. 난 아주 나쁜 아내였고 또 나쁜 엄마인가 봐요."

"……."

"어쩌면 좋죠?"

"은지는 아빠, 엄마를 실망시키지 않을 거야."

"죄송합니다. 뇌사 판정이 났습니다."

청천벽력과도 같은 의사의 말에 시은은 그만 울음을 터뜨리고 말았다. 현빈 역시 가슴이 무너져 내리고 말았다.

"외부 자극에 전혀 반응이 없는 깊은 혼수상태, 자발 호흡의 비가역적 소실, 양쪽 동공의 확대 고정, 뇌간 반사의 완전 소실과 함께 자발적인 운동이나 제뇌강직, 제피질강직및 경련 등이 일어나지 않았습니다. 무호흡 검사에서도 자발 호흡이 유발되지 않았으며 뇌파검사 역시 뇌 활동 정지로 판명이 났습니다."

의사는 여전히 차트를 내려다본 채 고개를 들지 못했다.

"그럼 이젠 희망이 없는 건가요?"

"실질적으로 그렇다고 봐야 합니다."

"기적이 일어날 수도 있지 않을까요?"

현빈이 한 가닥 희망을 저버리지 않고 다시 의사에게 물었다. 그러나 의사는 고개를 저었다.

"그럴 수도 있지만 힘들다고 봐야 합니다. 그리고 뇌사 판정이 난 상태에서 인공호흡기를 떼지 않고 생명을 유지시킬 경우 평균 2주를 넘기지 못합니다. 개인차가 심하기 때문에 정확한 일수는 알 수 없지만⋯⋯."

"⋯⋯."

현빈이 궁금해하는 것을 의사는 족집게처럼 정확히 찍어내 주었다.

뇌사 판정을 받은 이상 이제 더는 은지에게 희망을 기대할 수는 없었다. 시은은 그만 절망의 통곡을 서럽게 쏟아 내고 말았다.

현빈 역시 가슴이 찢어지는 듯한 슬픔을 꾹꾹 안으로 삼켰다. 그럴수록 슬픔은 점점 더 커져만 갔다.

그날로, 은지가 사고를 당하던 그날로 돌아갈 수만 있다면 그렇게 절망적이지는 않을 것이다. 하지만 그때로 되돌린다는 것은 인간으로서는 불가항력이기에 더 절망적일 수밖에 없는 그들이었다.

"이 상황에서 이런 말씀을 드리는 것이 실례인 줄은 알지만…….장기기증에 대해서 생각해 보셨습니까?"

신중하고 조심스럽게 의사가 현빈과 시은의 의중을 떠보았다.

"그럴 수는 없어요. 우리 은지가 어떤 아이인데. 그렇게 죽는 것도 불쌍해 죽겠는데 거기에다가 장기기증까지 하라고요. 난 못해요. 그렇게는 못해요."

시은은 더욱더 서럽게 울어대기 시작했다.

그런 시은을 현빈이 위로하며 시은의 등을 토닥여 주었다.

그곳에서 나와서도 시은은 안정을 찾지 못한 채 망연자실 울기 시작했다. 시은은 현빈의 가슴 한 자리를 차지하고 들어가 설움과 아픔을 토해 냈다. 슬픔을 속절없이 불어만 갔다.

벤치에 앉은 현빈은 담배를 찾아 입에 물었다. 하지만 담배에 불을 붙일 수는 없었다.

얼마 동안을 그렇게 앉아 있었는지 모른다. 현빈의 입에서 저절로 한숨이 새어나왔다.

이제는 은지를 떠나보내야 할 것이기에. 언제까지 은지를 잡아 둘 수 없다는 것을 현빈은 알고 있었다. 그랬기에 더더욱 가슴이 찢어졌다.

얼마 후 시은이 현빈을 찾아 벤치에 앉았다. 둘은 한동안 그어떤 말도 주고받을 수 없었다.

현빈이 힘겹게 말문을 열었다.

"이제 우리 은지 보내 주자."

"……."

"더는 은지를 힘들게 하고 싶지 않아."

"……."

시은은 말이 없었다. 시은 역시 은지가 돌아올 수 없는 길을 걷고 있다는 것을 부정하지 않는 듯 했다.

"보내 주자."

"……."

"우리 은지, 오래 살지는 않았지만……. 일부라도 오래 살게 해주자. 아마 은지도 그러길 바라고 있을 거야. 우리 은지 새롭게 태어나는 거야. 이대로 죽는 게 아니라 다른 사람의 몸으로 다시금 태어나는 거야. 우리 그렇게 생각하자. 하지만 당신이 원하지 않는다면 나도……."

"아니요. 우리 은지를 의미 없이 가도록 놔둘 수는 없어요."

시은이 현빈의 말을 끊으며 말했다.

"……."

"그래요. 그렇게 해요. 우리 은지 다시 태어나게 해줘요. 우리 은지는 하나가 아닌 여럿으로 다시 태어나는 거예요. 다시는 은지를 만날 수 없더라도 은지가, 은지의 일부가 어느 하늘 어느 아래에서 다시 태어난다면 얼마나 좋겠어요."

"그래, 은지는 죽는 게 아니야. 다시 태어나는 거야."

현빈이 시은의 손을 지그시 움켜잡았다.

시은은 현빈의 그 따뜻한 손길에 위안을 받을 수 있었다. 그러나 현빈을 따라 의사를 만나러 가는 것을 시은은 망설였다.

현빈은 의사와 마주하고 앉았다.

"우리 은지의 장기를 기증하겠습니다."

"어려운 결정을 하셨습니다. 은지가 여러 사람을 살릴 겁니다. 곧 중앙장기이식센터에 연락해서 수혜자를 찾아보도록 하겠습니다."

"장기 적출 수술 들어가기 전에 우리 은지 마지막으로 만나 볼 수 있게 해주십시오."

담담한 표정으로 현빈이 말했다.

현빈은 시은과 함께 장기 기증 각서를 작성하고 마지막으로 은지를 찾아갔다. 다시는 만나지 못할 은지였다.

은지를 보는 순간 눈물이 앞을 가렸지만 시은은 애써 눈물을 보이려 하지 않았다.

마지막 보내는 길이었다. 시은은 은지에게 슬픈 얼굴을 보이고 싶지 않았다. 은지가 가슴 아파할 것이기에.

"은지야, 아빠는 널 이제 더는 잡아 둘 수 없구나. 널 오래도록 잡아 두고 싶지만 그러기에는 우리 은지가 너무도 고통스러울 것만 같아. 이제 편히 쉬렴."

"은지야, 잘 가. 엄마는 밖에서 은지를 보내야 될 것 같아."

더는 말을 이을 수가 없어서 시은은 그만 돌아서고 말았다.

은지의 장기기증이 확인되자 이식 위원회는 각 장기별 이식팀에게 연락하여 담당의사와 함께 은지의 상태를 장기적출 가능 상태로 유지시켰다. 그리고 장기 공여 수혜자가 될 대기자 명단에 올라 있는 환자에게 연락하여 조직적합검사, 교차반응검사 등을 시행해 은지와 상대적으로 가까운 대기자를 입원시켰다.

그동안 마취과 의사와 수술실 간호사, 마취 간호사들은 비상 대기 상태였다. 그리고 가급적 빠른 수술을 요하기 때문에 의료진뿐만 아니라 검사실 직원, 행정직원, 기능직원 등 병원의 모든 유관부서가 비상사태에 들어갔다.

장기적출 수술은 빠른 시간 내에 이루어졌고 현빈과 시은은 수술실 밖에서 은지의 마지막 가는 길을 지켜 주었다.

은지의 심장과 소장, 폐, 췌장, 신장, 안구, 골수 등은 7명의

환자에게 새 생명을 주었다. 은지는 이 세상에 많은 의미를 남긴 채 떠나갔다.

은지는 한 줌의 뼛가루만을 남긴 채 현빈과 시은의 곁을 떠나가고 말았다. 살아온 날 보다 살아가야 할 날이 많은 은지는 그렇게 부모의 가슴에 대못으로 박히고 말았다.

"은지야……."

10

그 시련 많았던 시간들이 지나가고 있었다.

그러나 내 마음은 여전히 겨울과 봄 사이에 머물러 있었다. 마음은 아직도 두꺼운 옷을 벗어버리지 못했다. 서글픈 추위는 녹을 틈 없이 다시 얼어붙어 있었다.

적막한 오후, 초인종이 울렸다.

나는 아직 꿈속에 있었다. 그 꿈속에는 은지가 있었다. 은지와 함께 놀이공원에서 놀이기구를 타고 있었다.

너무도 즐거운 한때였다. 그토록 은지가 즐거워하는 모습을 본 것은 처음이었다. 하지만 그 즐거운 한때는 시은이 나타나면서 산산이 부서지고 말았다. 시은이 은지를 부르자 은지가 엄마를 향해 달려가는 순간에 그 앞으로……

잠시 멈추었던 초인종이 다시금 울려댔다.

꿈에서 깨어난 나는 한숨을 길게 쏟아냈다. 그리고 좀처럼 멈추지 않는 초인종 소리에 눈살을 찌푸렸다.

"누구세요?"

힘겹게 침대에서 일어나 현관으로 걸어가며 말했다. 그사이 초인종이 멎었지만 밖에서는 아무 대답도 들려오지 않았다.

굳게 잠겨 있던 문을 열었을 때 문 앞에는 낯익은 얼굴의 소리가 서 있었다.

"……."

소리는 나를 보자마자 금방이라도 울어 버릴 것 같은 눈으로 변했다. 그 모습에 당황스러운 것은 오히려 나였다. 소리는 그 순간 아무것도 해 줄 수 없어 벙어리가 되어버린 것만 같았다. 어쩌면 자신의 가슴을 열어 나를 포근하게 감싸려 하고 있는 지도 몰랐다. 표정이 그랬다.

"소리구나."

이름을 불러 주었을 때 소리의 가슴은 더욱 서글퍼지는 것 같았다. 몸무게가 10Kg이나 빠져서 볼품없는 모습, 깎지 않은 덥수룩한 턱수염 때문이었는지도 모른다.

"……."

소리가 나의 퀭한 시선 속으로 파고들었다. 하지만 나는 소리와의 마주침을 부담스러워하며 힘없이 돌아서고 말았다.

"들어와."

등을 보인 채 말했다.

소리는 안으로 들어서며 침착해지려 노력했다. 그리고 되도록 내 상처에 대해 내색하지 않으려는 듯 보였다.

"여긴 어떻게 알고 왔어?"

나는 여전히 뒷모습을 보인 채 싱크대 앞에 서 있었다.

"……."

"어떡하지. 커피가 다 떨어졌는데. 다른 걸로 줄까?"

소리가 얼굴이 반쪽이 되어버린 나를 향해 힘없이 웃어 주었다.

"괜찮아 오빠."

"집이 너무 지저분하지."

나는 아직까지 서 있는 소리를 건너다보며 멋쩍게 웃음을 흘렸다. 나는 그제야 소파 위에 쌓여 있던 신문더미와 책을 치우기 시작했다. 그러고 나서 소리를 소파에 앉도록 했다.

"전화라도 하고 오지 그랬어?"

"……."

소리는 대답 대신 한쪽에 놓여 있던 전화기의 선을 따라 시선을 옮겼다. 전화코드는 외부와의 접촉을 무시하듯 뽑혀 있었다.

"참 전화코드를 꽂아 놓는 걸 잊어버렸네."

"얼굴이 왜 그렇게 엉망이야. 식사는 제때 챙겨 먹는 거야?"

"으응. ……그런데 여긴 어떻게 알았어?"

"김 선배한테……."

"그랬구나."

김 선배라면 출판사를 경영하는 대학 선배이자 문학 동아리 선후배 지간이었다. 김 선배와는 의형제를 맺을 만큼 절친한 사이였다. 소리도 대학시절 문학 동아리에서 활동했었기 때문에 김 선배라면 익히 잘 알고 있었다.

김 선배의 출판사는 아니지만 소리도 출판사의 기획실장으로 재직 중이었다. 같은 업종에 있었기 때문에 소리는 김 선배와 종종 연락을 주고받는 사이였다.

"책 잘 팔린다면서?"

"……."

이라크에서 있었던 취재수첩을 정리해 사진과 함께 덧붙여서 낸 책이었다. 그렇지만 책이 출간된 지 두 달이 다되도록 나는 책을 아직도 보지 못했다.

김 선배가 집으로 찾아오던가 아니면 책을 보내 주겠다고 했지만 나는 한사코 미루기만 했었다. 책에 신경 쓸 만한 마음의 여유가 없었기 때문이었다.

"축하해 오빠. 그런데 섭섭해. 책을 낼 거였으면 나한테 귀띔이라도 해주지 그랬어. 요즘 우리 출판사 벌이가 신통치 않은데. 어쨌든 잘된 일이야. 오빠, 책 아직 보지 않았다면서."

소리가 가방에서 책을 꺼내 내 앞으로 내밀었다. 책은 모두 5권이었다.

"물론 사인해 주겠지?"

"……."

나는 한동안 책을 들여다보았다. 그러다가 사인펜을 찾아 첫

장에 사인을 한 뒤 소리에게 내밀었다.

"그런데 뭐 좋은 아이템 없을까?"

소리는 주위를 둘러보다가 탁자 위에 올려져 있던 포트폴리오를 발견했다. 포트폴리오를 뒤적이는 소리의 눈빛이 예사롭지 않았다. 먹이를 찾은 맹수처럼 눈빛이 초롱초롱 빛나고 있었다.

"커피 식겠다."

"오빠, 그런데 오빠가 왜 이런 포트폴리오를 가지고 있는 거야? 이 사람 아는 사람이야? 참신한데. 책으로 내면 좋을 것 같아. 소개시켜 줄 수 없을까? 소개시켜 줄 거지?"

"여전하구나. 일에 푹 빠져 지내는 건."

"직업병인가 봐. 우리 나가자. 내가 오빠 기분 풀어 줄게."

"난……."

내키지 않는 얼굴로 소리를 쳐다보았다.

"책도 잘 팔린다는데 이렇게 그냥 입 닦으려고, 나 오늘 큰 맘먹고 왔어. 그러니까 이대로 돌려보낼 생각은 하지 마."

소리가 일어서서 팔을 잡아끌었다. 그리곤 욕실로 떠밀어 넣었다. 나는 어쩔 수 없이 욕실로 밀려들어갔다.

"수염도 깎고 샤워도 좀 해."

소리가 욕실 문을 닫으며 말했다.

거울 속의 나는 너무나 볼품이 없었다. 이런 모습으로는 외출

은커녕 문밖출입도 불가능할 정도였다. 나는 먼저 수염부터 깎기 시작했다. 턱수염을 깎은 얼굴은 깔끔해 보였지만 어딘가 허전하기도 했다.

욕실에서 나왔을 때 소리가 집안을 대충 청소해 놓은 상태였다. 집안은 조금 전보다는 깔끔해진 상태였다. 소리는 소파에 다소고니 앉아 포트폴리오를 바라보고 있었다.

"뭘 먹을까, 아주 비싼 걸로……. 그것보다 먼저 해야 될 일이 있어."

소리가 다짜고짜 내 손을 잡아끌었다.

소리 손에 이끌려 도착한 곳은 미용실이었다.

소리는 길게 자라난 머리카락 때문에 핼쑥해 보이는 내 얼굴이 마음에 걸렸던 모양이었다. 그래서 소리는 거추장스러운 머리부터 손질해야겠다고 생각했던 것이다.

거울 앞에 어색하게 앉은 내 옆에 소리가 서 있었다.

소리는 미용사에게 이런저런 스타일로 해 달라며 참견하고 나섰다. 마음 같아서는 자신이 직접 빗과 가위를 들고 머리를 깎고 싶은 심정 같았다.

머리를 깎고 나자 그제야 예전의 익숙함을 발견한 듯 소리가 흡족한 미소를 지었다.

"우리 이제 어디로 갈까?"

"어디든……. 그 카페 기억해?"

"……?"

"우리 오랜만에 거기나 가볼까? 그 카페 아직도 있을는지 모르겠네. 그래 한 번 가 보자 오빠!"

우리는 어느새 대학시절 자주 들리던 카페 앞에 와 있었다. 카페의 상호는 그대로였지만 실내는 전혀 낯선 곳이었다.

"여기도 많이 변했구나."

내가 자리에 앉으며 말했다.

세월은 많은 것을 변화시키기 마련이었다. 나 역시 바쁘게 살아온 지난 세월 동안 많이 변해 있을 터였다. 소리 또한 예전에 이곳을 찾던 새내기 대학생이 아니었다.

"간단하게 식사부터 하고 술 마실까?"

소리가 나를 바라보며 환하게 웃어 주었다.

"……."

하지만 내 시선은 소리를 벗어나 다른 곳으로 향해 있었다. 그리고 어느 지점에서 내 시선이 멈추었다. 동시에 내 얼굴이 한순간 일그러졌다.

소리의 시선도 내 시선을 따라 움직였다.

경직된 내 시선 저편으로 시은과 기주가 마주하고 앉아 있었다.

너무나도 다정하고, 너무나도 행복한 그들의 모습이 내 눈앞을 어지럽혔다. 적어도 내 눈에는 저들이 질투를 자아낼 정도의 연인 사이로 보였다.

"오빠, 우리 다른 곳으로 옮길까?"

소리가 말했지만 소리의 목소리는 나를 일깨우지 못했다.

저편의 시은의 시선과 마주쳤을 때 시은은 그만 고개를 숙이고 말았다. 기주의 시선도 시은의 시선을 따라와 있었다. 그리곤 내 시선과 마주치자 기주는 당황스러운 표정으로 일그러지며 주눅 들었다.

"어떡할까?"

"……."

내 시선이 어느새 되돌아와 있었다. 하지만 여전히 소리의 물음은 나의 의식을 깨우지 못했다.

나는 그 순간 분노와 증오로 불타오르고 있었다. 어쩌면 그 순간 그들에게 분노의 화살을 쏘기보다 내 심장을 향해 책망의 화살을 꽂고 있었는지도 모른다.

내가 다시금 그곳에 시선을 주었을 때 이미 시은과 기주는 그곳을 떠난 후였다. 나는 다행이라고 생각했다. 그들로 인해 더는 비참해지지 않아도 되었기 때문이었다.

고개를 숙인 채 나는 벌써 30분 째 말이 없었다.

상처가 너무 깊기 때문이었다. 그 상처를 나는 한숨지으며 침묵으로 대신하고 있었다.

11

"난 만나고 싶지 않아요."

시은이 수화기를 든 채 초췌한 목소리로 말했다.

– 잠깐이면 돼. 지금 강의 들어가야 하니까 한 시간 후에 만
나. 우리 만나던 카페 있지. 거기서 만나.

시은은 기주와 씨름 중이었다. 그러나 기주는 좀처럼 시은을
그냥 내버려두지 않으려는 듯 끈질기게 달라붙었다.

기주는 기다리겠다는 말을 마지막으로 전화를 끊어 버리고
말았다.

몇 시간 째 끊임없이 울려 대던 전화벨을 시은은 무시해 버릴
수 없었다. 전화선을 뽑아 버릴까 하다가 할 수 없이 전화를 받
았는데 역시나 수화기 저편에서 기주가 기다리고 있었다.

며칠 째 기주는 시은을 만나기 위해 끈질기게 전화를 걸어왔
다. 심지어는 집에까지 찾아와 초인종을 눌러 댔지만 기주라는
것을 확인한 시은은 문을 열어 주지 않았다.

그러나 이젠 어쩔 수가 없었다. 언제까지 기주를 외면하고만
있을 수는 없었다. 기주를 만나 다시는 전화나 집으로 찾아오는

일이 없도록 딱 잘라 말해야겠다고 생각했다.

그러나 시은은 또다시 기주를 만난다는 것이 마음에 내키지 않았다.

은지가 사고를 당하던 날에도 그곳에서 기주를 만났었다.

그날의 악몽이 다시금 시작되는 것 같아서 시은은 가슴 아프기만 했다.

"왜 자꾸 날 피하는 거지?"

애가 타는 얼굴로 기주가 시은을 바라보았다.

"우리 이제 그만 만나요."

시은은 단호했지만 그럴수록 기주는 미련을 버리지 못하고 악착같이 시은에게 매달렸다.

"그럴 수는 없어."

"그럼 어쩌자는 거예요?"

"시은 씨를 놓아줄 수가 없어. 아직도 날 모르겠어?"

"난 가정을 잃었어요. 그리고 내 삶은……."

시은의 눈에서 눈물이 힘없이 쏟아졌다.

"나와 새롭게 시작하면 되잖아. 나 잘할 수 있어. 현빈이 보다도 더 잘할 수 있다고. 이제 와서 시은 씨를 포기할 수는 없어. 내가 시은 씨를 얼마나 아끼고 사랑하는지 시은 씨도 잘 알잖아. 그런데 이제 와서 없었던 일로 하자고. 이미 난 시은 씨 없이는 살 수가 없게 되어 버렸어. 내 속에 있는 시은 씨를 지울 수 없어. 그 누구보다도 시은 씨를 사랑한다고."

기주의 눈에는 간절함의 빛이 역력했다. 그러나 기주와는 반대로 시은은 애써 외면하고 있었다.

처음부터 잘못된 만남이었다.

시은은 그런 만남을 지속해 나갈 자신이 없었다. 잘못된 만남을 이제라도 바로 잡아야 한다는 생각은 변함이 없었다. 기주와의 만남이 언제 또 다른 상처를 안겨 줄지 모를 일이었기 때문에.

현빈에게 용서를 비는 일은 스스로 자숙하는 길 밖에 없었다. 그리고 어쩌면 현빈이 다시금 자신에게로 돌아올지도 모른다는 희망을 시은은 저버리지 않았다.

현빈은 돌아올지 모른다. 당장은 아니더라도 언젠가는 현빈이 돌아올 거라고 시은은 믿고 있었다.

"미안해요. 우리는 만나지 말았어야 했어요."

"그럼 이제 와서 어쩌겠다는 거야?"

"……."

"현빈이는 시은 씨를 버렸어. 시은 씨를 떠났다고. 그런 현빈이가 다시 돌아올 거라고 생각하는 거야? 현빈이는 그럴 녀석이 아니야. 현빈이는 절대로 되돌아오지 않아. 아마 지금쯤 다른 여자를 만나고 있을 걸."

"그런 소리하지 말아요."

"현빈이를 두둔하는 거야?"

"모두가 내 잘못이었어요. ……그래요, 난 기주 씨를 사랑하지 않아요. 난 단지 사랑이 그리웠어요. 그것뿐이었어요. 이제는 알 것 같아요. 나도 기주 씨를 사랑했다고 생각했었는데, 그건 잘못된 생각이었어요. 기주 씨를 사랑한 게 아니었어요."

"그럼 난 뭐였지. 노리개였나?"

"그런 말이 아니잖아요."

식은 커피를 시은이 씁쓸하게 넘겼다.

"무슨 말인지 이해를 할 수가 없어. 왜 하필이면 이제 와서 변한 거야. 시은 씨도 각오했던 일이잖아. 그래서 나와……."

"후회해요. 왜 그때……. 한 번 더 생각했더라면 그런 일은 벌어지지 않았겠지요. 그렇지만 이제는 안 되겠어요. 이제는 내가 나 자신을 용납할 수가 없어요. 이해해 주길 바라요."

"아니 그럴 수는 없어. 난 어떡하라고. 난 아쉬울 때 가지고 노는 그런 장난감이 아니라고. 지금 내가 얼마나 비참한지 알아?"

"그런 게 아니에요. ……우리 관계가 정상적이지 않다는 거잖아요. 우린 너무 큰 모험을 했어요. 하지만 그건 가치 없는 모험이었어요. 기주 씨도 너무 감정적으로 생각하지 말아요. 우린 어차피 오래가지 못할 부적절한 관계였어요. 그러니까 이쯤에서 끝내자는 거예요."

"알았어, 알았다고. 하지만 너무 성급하게 판단하지는 마. 나에게도 시간을 줘야 하잖아. 너무 일방적으로 그렇게 시은 씨가 나오니까 혼란스러울 뿐이야. 나에게도 시간을 줘. 내가 너무 많은 것을 바라는 것은 아니잖아. 적어도 그만큼은 나에게 배려해야 하지 않나?"

"알았어요. 하지만 시간을 두고 내 생각을 바꿔 보겠다는 생각은 하지 말아요. 그렇게 되면 우린 더 힘들어 질지 모르니까."

그날 그렇게, 시은은 기주에게 선을 그어 놓았었다.

그 후로 계속해서 기주는 만나기를 청해 왔지만 시은은 그를 만나주지 않았다. 그러나 기주는 자꾸만 집착에 가까워져 시은에게 시도 때도 없이 연락을 취해 왔다.

카페 앞에서 시은은 다시금 망설였다. 어차피 나온 이상 시은은 기주에게 짧게 할 말만 하고 나올 생각이었다.

카페에는 기주가 먼저 나와 있었다. 기주는 의자에 깊숙이 파묻혀 앉아 있다가 시은을 보자 가지런히 간추리고 앉으며 손짓을 했다.

"우리 너무 오랜만에 만나는 것 같아."

기주가 먼저 시은에게 말을 걸어왔다.

"……."

"얼굴이 안 돼 보여. 술이나 간단하게 한잔 마실까?"

종업원을 의식하며 기주가 말했다. 그 말에 시은이 무의식적으로 커피라고 대답했다.

94

테이블에는 맥주 3병이 놓여 있었다. 시은의 앞에도 커피가 놓였다.

"맥주 한 잔 하지 그래?"

"생각 없어요."

한동안 둘 사이에는 아무런 대화도 오가지 않았다. 시은은 커피잔에서 피어오르는 향기에 잠시 마음을 가다듬었다. 그러다가 고개를 들어 기주를 피하지 않고 바라보았다.

"이제 전화하지 말아요."

"시은 씨, 그러지 마. 왜 날 그렇게 피하지 못해 안달하니."

"오늘이 마지막이에요. 앞으로는 찾아오지도 전화하지도 말아요. 난 기주 씨를 만날 자신이 없어요."

"난 그러고 싶지 않아. 시은 씨가 어떻게 생각하든 난 내가 이끌리는 대로 행동할 거야. 전화하고 싶으면 전화하고, 보고 싶으면 집으로 찾아갈 거야. 시은 씨가 뭐라고 하더라도 난 상관하지 않을 거야."

결코 그대로 물러 설 수 없다는 표정으로 기주가 시은을 건너다보았다.

"날 사랑하나요?"

"그래, 사랑해. 앞으로도 영원히."

기주는 어떻게 해서든 자신의 진심을 보여주려 했다. 그러나 시은은 이미 단호한 결심이 서 있었다.

"난 기주 씨를 사랑하지 않아요. 내가 사랑했던 사람은 한 사람뿐이었어요. 그때도 말했지만 이제 우리는 아무 관계도 아니에요."

"역시 현빈이었군."

집착이 한풀 꺾이는 듯 기주가 한숨을 길게 쏟아 내었다.

사랑은 미묘한 문제였다. 사랑을 하면서 그것이 사랑이라 믿었건만 정작 지금에 와서는 그것이 사랑이 아니라니. 일방적으로 사랑을 쟁취할 수는 없는 것일까. 기주는 그 순간 우격다짐으로라도 자신을 내세우고 싶어졌다.

"난 감당할 수가 없어요. 처음에는 가정을 잃었고 그다음에는 은지를…… 이제 더 무엇을 잃을 수 있겠어요. 내가 죽는 걸 원하나요?"

도중에 시은의 눈시울이 붉어졌다.

여자의 눈물은 남자를 흔들기 마련이다. 그것이 거짓된 눈물이라 할지라도 남자는 바보 같이 무너지고 만다. 어쩌면 남자는 여자보다도 더 나약한 존재일지 모른다.

"그렇다고 이제 와서 쏟아진 물을 주워 담을 수도 없잖아."

"알아요. 그래서 나 자신을 더더욱 용납할 수 없는 거예요. 그때 그걸 알았더라면 이처럼 나 자신이 원망스럽지는 않았겠죠."

"……언젠가는 이런 날이 올 줄 알았어. 그래, 시은 씨 말 대로 우린 만나지 말았어야 했어. 시은 씨한테서 가정과 은지를 빼앗아 간 건 모두 내 잘못이야. 우리 만남을 조금 더 깊고 신중하게 생각했어야 했는데."

"미안해요."

"시은 씨가 원하는 대로 해 줄게. 하지만 잊기는 힘들 거야. 그래도 노력해야 하겠지. 아쉬울 거야."

스스로 수긍하기는 했지만 기주는 아직 미련이 남은 눈으로 시은을 바라보았다.

"모두 잊어요."

그렇게 말 하기는 했지만 정작 시은 자신은 180도 변해 버린 자신의 삶을 감당할 자신이 없었다.

"우리 행복할 수 있을까?"

"지금 보다 불행해지지는 않겠죠. 최소한……."

시은의 입에서 저절로 한숨이 쏟아져 나왔다. 한순간 홀가분해지듯 가슴이 뻥 뚫리는 것 같았다. 하지만 시은은 다음 순간 다시금 한쪽 가슴이 꽉 막히고 말았다.

건너편의 현빈과 눈이 마주쳤기 때문이었다.

하필이면 그 자리에서……. 시은은 속절없이 수렁 속으로 빠져 들어가고 말았다.

시은은 그 자리를 서둘러 피했다.

"언제쯤 돌아올 수 있을 것 같아요?"

현빈이 취재를 떠난 지 벌써 2개월 째였다.

"우리 은지가 아빠 많이 보고 싶어 해요."

시은은 현빈이 끔찍이 여기는 은지를 핑계로 현빈의 마음을 움직여 볼 생각이었다. 하지만 현빈은 언제 돌아올 수 있는지 확답을 할 수가 없다고 했다.

그 말에 시은의 기대는 한풀 꺾이고 말았다. 하지만 시은은 현빈에 대한 서운함을 내색할 수 없었다. 내색할 겨를 없이 은지가 아빠 전화야? 하며 달려와 아빠와 통화하겠다며 보챘기 때문이었다.

엄마의 마음을 아는지 모르는지. 은지가 현빈을 독차지할 때마다 시은은 그런 은지가 얄미워 꼬집어 주곤 했다.

"거기 위험하다는데 몸조심해요. 사랑해요!"

몸조심해요, 라는 말이 끝나기가 무섭게 현빈은 전화를 끊고 말았다. 사랑해요, 라는 말은 오늘도 역시 혼잣말이 되어 버리고 말았다.

멋쩍어진 시은은 손에 들고 있던 수화기를 야속하게 내려다보았다.

일주일에 한두 번 올까 말까 하는 전화였다. 그런데도 현빈은 시은에게는 관심도 주지 않고 딸아이만 챙길 뿐이었다.

어느 날 현빈은 분쟁지역으로 파견근무를 신청했다.

하필이면 전쟁터를 뛰어다녀야 하는 위험한 일이라니, 시은은 받아들일 수가 없었다. 온갖 수단을 다 써 가며 반대했지만 현빈의 고집을 꺾을 수는 없었다.

급기야 시은은 단식을 시작했다. 하지만 현빈의 결심은 확고했고 결국 일주일 만에 제 뿔에 지친 시은은 두 손 두 발을 다 들고 말았다.

전쟁이란 아주 먼 나라의 일이라고 생각했다. 그렇게 위험한 곳에서 현빈이 취재를 해야 한다니 시은은 걱정스럽고 불안하기만 했다.

시은은 한시도 마음을 놓을 수가 없었다. 현빈이 분쟁지역으로 취재를 떠난 그 순간부터 하루하루가 바늘방석처럼 느껴졌다.

현빈을 걱정하고 전화를 기다리는 것은 시은의 일상이 되어 버렸다. 그러다 보니 온종일 무기력증에 시달리는 날이 대부분이었다.

언제까지 무기력한 나날을 보낼 수는 없었다. 날로 불어 가는 몸무게도 문제였다.

그래서 시은은 우연히 알게 된 문화센터의 요리강좌에 수강 신청을 했다. 그리고 헬스클럽 사용권도 끊었다.

활력이 필요했다. 이참에 시은은 확실하게 요리를 배워 둘 참이었다.

시은은 수강 시간에 맞추어 문화센터를 찾았다. 첫날이라 조금 낯선 분위기였지만 시은의 얼굴은 신선하게 달아올라 있었다.

"강사가 남자라면서. 푸드 채널에 고정 출연한다고 하던데."

"나도 얘기 들었어. 그 사람 알아주는 셰프라면서. 이름이 뭐라더라……. 맞아 이기주."

"아 그 사람 나도 TV에서 본 적 있어. 꽤 미남이던데. 아직 총각이라면서."

몇몇 여자들이 호들갑을 떨고 있었다.

강사가 총각인 것에 대해 흥분하고 있는 여자들이 시은은 못마땅했다. 시은은 비밀스러운 불륜을 꿈꾸고 있는 여자들이 한심하다는 생각을 했다. 그러면서도 한편으로 강사가 어떤 사람일까, 하는 호기심이 생겼다.

강사는 낯이 익은 얼굴이었다. 그런데 어디서 봤는지 통 기억이 나지 않았다.

강사는 요리 강습에 여념이 없었다. 시은은 남자가 어쩜 저렇게 섬세할 수 있을까 생각했다.

시은은 다른 것은 몰라도 요리에는 통 재미를 느끼지 못했다. 그래서 음식을 준비할 때면 늘 스트레스만 쌓였다. 하지만 오늘은 웬일인지 음식 만들기에 친근감이 느껴졌다.

강사는 음식을 만들 땐 항상 즐거운 마음으로 임하라는 말을 빼먹지 않았다. 즐거운 마음이 맛있는 음식을 만드는 원동력이라며 수강생들에게 당부했다. 그리고 음식은 시각, 후각, 미각, 촉각, 청각 등 오감의 집결체라며 가장 원초적인 본능의 시작이라고 했다.

시은은 요리에 몰두하고 있는 강사에게 매료되었다. 동시에 일종의 호감 같은 것이 시은의 가슴을 들뜨게 만들었다.

2시간 동안의 강습은 너무도 짧게 지나가고 말았다. 수강생들은 2시간이 짧다는 생각을 했던지 모두들 아쉬워하고 있었다. 그것은 시은도 마찬가지였다.

일주일에 3번뿐인 강좌였다. 적어도 일주일에 3번은 강사를 볼 수 있다는 말이기도 했다. 수강생들은 다음 강좌를 기약하며 돌아서야 했다.

"저, 시은 씨!"

막 계단을 내려가려는데 누군가가 시은을 불러 세웠다. 그 말에 시은이 뒤돌아보았고 다름 아닌 강사가 서 있었다.

"시은 씨 맞죠. 제가 잘못 보지는 않았군요. 접니다. 현빈이 친구 이기주. 결혼식 피로연에서……."

"아, 이제 생각나요. 낯이 익다고 생각했었는데."

결혼식 피로연 자리를 시은을 떠올렸다.

기주는 있는 듯 없는 듯 한쪽 자리에 앉아 좀처럼 사람들과 어울리지 않았다. 피로연이 끝나도록 묵묵히 앉아 있던 기주였지만 신부 친구들의 시선을 한 몸에 받고 있었다.

수려한 외모와 건장한 체구 때문에 신부 친구들의 호감을 산 것은 아니었다. 왠지 알 수 없는 부드러운 이끌림이 기주에게서 풍겨 나오고 있었다. 아마도 그것 때문에 여자들의 시선을 끌고 있는 듯했다. 그러나 기주는 신부 친구들의 시선을 조금도 의식하지 않았다.

그는 현빈의 고등학교 친구라고 자신을 소개한 것이 전부였다. 기주는 말수가 적었던 사람이었다. 어느 면에서는 너무 소심해 보였고 또 내성적인 면도 없지 않아 보였다.

시은이 기억하는 것은 그것이 전부였다. 그런 기주가 셰프라는 것은 시은에게는 뜻밖이었다.

"아, 그랬었군요. 시은 씨가 힘들겠어요."

현빈이 분쟁지역에서 파견근무 중이라는 소리에 기주도 걱정스러운 표정이었다.

기주는 그동안 해외에서 이런저런 활동을 하다 보니 현빈의 소식을 들을 수 없었다고 했다.

기주와 대화하는 사이 시은은 오랜 친구를 만난 듯한 반가움에 사로잡혔다. 그리 길지 않은 대화가 끝나고 기주는 녹화 방송 스케줄이 있다며 서둘러 자리를 떠났다.

그 후로 시은은 요리 강좌에 빠지지 않고 출석했다.

기주는 다른 수강생들보다 시은에게 더 신경을 써 주었다. 그러다 보니 다른 수강생들이 샘을 낼만도 했다.

기주와 자주 부딪치면서 시은은 그가 꽤 포근하고 따뜻한 남자라는 것을 알게 되었다. 현빈에게서 느끼지 못했던 모습을 시은은 그에게서 새록새록 발견하고 있었다.

그날도 시은은 헬스클럽에서 운동을 하고 있었다. 운동을 하면 몸이 가뿐해지는 것이 절로 느껴졌다. 그래서 시은은 하루도 빠짐없이 운동을 했다.

시은은 러닝머신 위를 달리고 있었다. 그런데 아까부터 누군가가 시은을 주시하고 있었다.

한참을 주시하고 있던 시선은 곧 시은의 앞으로 다가왔다.

"어머, 기주 씨. 여긴 어떻게?"

"저도 여기서 운동을 합니다. 보통은 새벽에 하는데 오늘은 한가한 편이라 늦게 나왔습니다."

인사를 마친 후 기주는 곧 운동에 전념하기 시작했다. 기주의 곁에서 시은도 운동에 열중했다.

시은은 운동을 시작한 지 2주밖에 되지 않았다. 그래서 근력 운동보다는 유산소 운동에 더 치우쳐 있었다. 반면 기주는 근력 운동을 중점으로 하고 있었다.

한참 운동에 열중하고 있던 기주가 시은에게로 다가왔다.

기주는 시은에게 유산소 운동도 좋지만 근력 운동을 병행하면 그만큼 운동 효과가 월등하다는 말을 해 주었다. 그리곤 시은을 잡아끌었다.

기주는 먼저 머신 프레스에 앉아 자세를 취했다.

"내릴 때 호흡을 마셔도 되고 호흡을 마신 다음에 내려놔도

됩니다. 계속하다 보면 저절로 습득하게 될 겁니다. 그리고 일 분 정도 쉬게 되는데 그동안 가볍게 스트레칭을 하면 됩니다."

스트레칭 방법까지 기주가 시범을 보였다. 옆에서 시은이 따라 하기 시작했다.

뒤이어 기주는 래트머신과 시티드 로우, 푸쉬 다운, 킥백 등의 자세에 대한 시범을 보였다. 기주가 시범을 보일 때마다 시은이 따라 했고 잘못된 부분은 기주가 다시금 자상하게 교정해 주었다.

초급자 수준에서 시은이 할 수 있는 운동 방법을 기주가 최대한 알려 주었다.

유산소 운동이 전부라고 생각했던 시은은 기주 말대로 운동 효과가 높다는 것을 몸으로 체감할 수 있었다.

시은은 자신에게 많은 신경을 써 주는 기주가 마치 남이 아닌 가까운 사람처럼 느껴졌다. 시은은 현빈이 기주처럼 자신에게 조금만이라도 신경을 써 주면 얼마나 좋을까, 하는 생각을 했다.

보면 볼수록 기주는 매력적인 사람이었다. 왠지 시은은 기주를 볼 때마다 가슴이 알 수 없이 뛰는 것을 느낄 수 있었다. 기주의 옆에 서 있을 때는 어느 순간 짜릿한 전율이 전해져 오기도 했다.

그런 감정은 처음이었다. 한 번도 느껴 보지 못한 감정들이 시은의 가슴을 혼미하게 흔들어 놓고 있었다.

남자의 부드러움이랄까, 때론 강렬한 느낌과 온화한 느낌이 기주에게서 뿜어져 나오고 있었다. 만나면 만날수록 시은은 기주에게 익숙해지고 있었다.

현빈에게서는 느끼지 못했던 생소함이 기주에게는 가득했다. 어쩌면 같은 남자라도 그렇게 다를 수 있는지, 왜 자신이 그렇게 흔들리는 지도 알 수가 없었다.

곁에 있으면 편안했다. 기주는 단 한순간도 시은을 불편하게 하거나 지루하게 하지 않았다.

어느 순간부터 시은은 욕심이 생겼다. 시은은 목마른 현빈의 사랑과는 정 반대인 열정적인 사랑을 어쩌면 기주에게서 느낄 수 있을지 모른다는 욕심을 꿈꾸기 시작했다. 그렇다고 시은은 위험한 불륜을 모험하고 싶지는 않았다.

어쨌든 기주는 여자들의 혼을 쏙 빼놓을 만한 매력 있는 남자였다.

간간이 기주의 손길이 와 닿을 때마다 시은의 가슴은 뜻 모르게 설레었다. 남자의 손길이 그렇게 짜릿한 전율을 느끼게 하는지 시은은 처음 알았다.

기주의 체취가 느껴져 올 때마다 시은은 하염없이 흔들렸다. 봄바람에 이끌리듯 이리저리 이끌리며 남자에 대한 그리움에서 시은은 헤어 나올 수가 없었다.

105

시은은 현빈의 품이 그리워졌다. 현빈에게 안겨 사랑의 갈증을 채울 수 있다면 좋을 텐데. 현빈의 빈자리는 너무도 크기만 했다. 그 자리를 파고든 기주의 매혹적인 손길을 시은은 떨쳐 낼 수가 없었다.

기주와는 통할 것 같았다. 이런저런 얘기를 서슴없이 할 수 있을 것 같았다.

50분 동안 계속된 트레이닝에 시은은 땀에 흠뻑 젖어들었다. 기주 역시 땀을 흘리고 있었다.

시은은 기주의 땀에 젖은 모습이 그리 싫지 않았다. 그리고 이상하게도 기주의 그 땀 냄새가 좋았다. 기주의 가슴에 안겨 땀 냄새를 한껏 맡아보고 싶다는 엉뚱한 생각을 하면서 시은은 스스로 당황했다.

운동을 마치고 둘은 가볍게 생맥주를 마셨다.

"오늘 고마웠어요. 혼자서 운동할 때는 몰랐는데 둘이 같이 운동하니까 운동도 재미있네요."

"그럼 제가 시은 씨 운동 시간에 한 번 맞춰 볼까요?"

"저야 좋지만 기주 씨가 어떨지?"

"그건 걱정하지 마세요. 시은 씨한테 도움이 된다면 어떻게 해서든 시간을 만들어야죠."

기주의 배려는 포근하고 아늑했다.

비누 냄새가 희미하게 시은의 코끝을 자극했다. 그 비누 냄새

아내는 꿈을 꾸고 있습니다

에는 기주의 체취가 뒤섞여 있었다. 시은은 아찔함을 느꼈다. 왠지 가슴이 두근거렸다.

샤워 후 남자의 향기가 그렇게 상큼하다는 것을 시은은 처음 알았다. 남편에게서는 전혀 맡을 수 없었던 냄새였다. 비누 냄새에 시은은 벼랑 아래로 아득히 떨어져 내려가며 흔들렸다.

시은은 기주를 만나는 것이 즐거웠다. 하루의 일과가 시작되면 기주를 만날 수 있다는 생각에 들뜨곤 했다. 그러다 보니 시은은 기주가 남편의 친구이기 이전에 자신의 절친한 친구라는 생각까지 하게 되었다.

하루하루가 활력에 넘쳤다. 현빈의 생각보다는 기주를 만나 무슨 일을 할까 하는 생각이 먼저 앞서기도 했다. 그럴 때면 현빈에게 미안한 생각이 들기도 했지만 강사와 수강생으로 만나는 것이므로 시은은 곧 그런 생각을 떨쳐 버렸다.

둘 사이에 현빈에 대한 얘기는 화제가 되지 않았다. 둘은 주로 요리와 운동에 대한 얘기를 했다. 기주는 시은의 얘기를 많이 들어주는 편이었다. 그런 기주를 시은은 어느새 믿고 의지했다.

"알고 계시겠지만 다음 달부터는 만나 뵐 수 없을 것 같습니다. 다음 학기부터 대학에 출강하게 됐거든요. 아무래도 강좌는 무리인 것 같아요. 그리고 보니 오늘이 마지막인 것 같네요."

기주의 말에 대부분의 수강생들은 아쉬워했다. 시은 역시 나

107

름대로 음식 만들기에 재미를 붙여가고 있던 차에 그런 소식을 듣게 되어 아쉬웠다.

강좌가 끝나 갈 즈음 한 수강생이 술자리를 제안했다. 그리고 아줌마들의 등쌀에 못 이겨 기주는 제안을 수락할 수밖에 없었다.

강좌가 끝나자 몇몇 아줌마 수강생들이 주축이 되어 문화센터 근처의 음식점으로 기주를 이끌었고 시은 역시 자연스럽게 그들과 어울렸다.

아줌마들이 건네는 술잔을 거절하느라 기주는 여간 곤혹이 아니었다. 아줌마들은 너도나도 할 것 없이 서로 먼저 술을 받으라고 난리도 아니었다.

반주를 곁들인 식사는 무르익어 갔고 몇몇 사람들이 자리를 뜨기 시작했다. 하지만 아줌마들의 극성은 여전했다. 아줌마들에게 시달리며 쩔쩔매는 기주를 시은이 넌지시 바라보고 있었다. 아줌마들의 짓궂은 장난에 간혹 수줍게 얼굴을 붉히는 기주의 모습에 시은은 살짝 웃음을 삼켰다.

기주는 나름대로 시은에게 신경을 쓰며 눈짓을 보내고 있었다. 기회를 봐서 함께 일어서자는 눈짓이었다. 죽이 맞듯 시은역시 눈짓으로 자신의 의사를 전달했다.

그러나 아줌마들은 좀처럼 빈틈을 보이지 않고 급기야 2차로 노래방까지 예약하기에 이르렀다.

식사를 마치고 노래방에 도착하자 아줌마들은 기주의 노래를 듣고 싶다며 보채기 시작했다. 사양할 수 없어서 기주는 취기 오른 얼굴로 마이크를 잡았다. 기주가 노래를 부르기 시작하자 환호성이 터져 나왔다.

기주는 노래를 부르면서도 틈틈이 시은에게 눈길을 보냈다. 기주의 눈과 마주칠 때마다 시은의 가슴은 속절없이 흔들리기 시작했다.

분위기는 점점 달아오르기 시작했고 시은의 차례가 되어 앞으로 나섰다. 시은이 노래를 부르는 동안 기주는 단 한 순간도 시은에게서 시선을 거두어들이지 않았다. 노래를 부르는 시은도 기주의 진득한 시선을 의식할 수 있었다. 기주의 눈빛은 알 수 없는 열정으로 불타오르고 있었다.

취기가 적당히 오른 시은 역시 기주의 시선을 받아들이며 알 수 없이 설레기 시작했다.

"저, 잠시……."

기주가 화장실을 가기 위해 자리에서 일어섰다.

"어딜 가시려고요. 안 돼요. 선생님이 가 버리면 재미가 없잖아요."

기주의 옆에 앉아 있던 수강생이 기주의 팔을 잡아당겼다.

"그게 아니고. 화장실이……."

취기 오른 기주의 얼굴이 더 붉어졌다.

"그럼, 빨리 오셔야 해요."

기주는 겨우 그 자리를 벗어 날 수 있었다. 문을 나서기 전에 기주가 시은을 향해 눈짓을 보냈다. 하지만 시은은 애써 못 본 척 지나치고 말았다. 마음은 따라 나가고 싶었지만 몸이 따라 주지 않았다.

그로부터 얼마 뒤에 진동으로 해 놓은 시은의 휴대전화에 문자메시지가 배달되어 왔다.

─ 너무 시끄럽지 않아요? 잠시 7호실로 올래요? 오실 때까지 기다릴게요. 기주. ─

시은은 남이 볼 새라 서둘러 핸드폰을 닫았다.

쉴 사이 이어지는 노랫소리에 지칠 때도 됐건만 노래는 끝날 기미가 보이지 않았다.

시은은 문자메시지를 받은 이후로 망설임에서 헤어 나올 수 없었다. 그러다가 기주의 지울 수 없는 강렬한 눈빛에 가슴이 쿵쾅거리며 거칠게 뛰기 시작했다.

'내가 지금 무슨 생각을 하고 있는 거지.'

시은은 자신을 억누르기 위해 앞에 있던 캔맥주를 마셨다. 하지만 좀처럼 시은의 가슴은 가닥을 잡지 못한 채 흔들렸다.

안 돼, 그럴 수는 없어. 난 유부녀야. ……잠시 보자는 것뿐인데. 그게 어때서. 그래. 할 얘기가 있어서 그럴 거야. 이렇게 시끄러운 곳에서 말해 봤자 알아들을 수 없으니까. 그래서 조용한

110

곳에서 얘기하자는 것뿐인데. 내가 오해하고 있는 거야. 시은은
불순한 생각을 떨쳐 내려 애쓰고 있었다.

"선생님이 왜 이렇게 안 오시지?"

"그러게."

"가 버리신 건 아닐까?"

"제가 가서 찾아볼게요."

시은은 찾아 나서려는 수강생을 만류하며 할 수 없이 자리에
서 일어섰다.

문을 열고 나오자 노래방의 후끈한 열기가 조금은 가시는 것
같았다. 하지만 시은의 가슴은 좀처럼 가벼워지지 않았다. 그러
면서도 발길은 기주가 기다리고 있는 7호실로 향하고 있었다.

23호실 앞에서 주위를 살피던 시은은 마음을 다잡고 문을 열
었다. 동시에 안에 있던 기주가 시은의 팔을 잡아당겼다. 순간
시은의 놀란 가슴이 콩닥콩닥 뛰기 시작했다.

뒤이어 기주의 체취가 느껴져 오는 것 같더니 진득한 열기와
함께 마른 입술이 시은의 입술로 다가왔다.

갑작스럽게 다가온 기주를 시은은 피할 겨를이 없었다. 동시
에 시은 역시 달아오르기 시작했다.

길고도 짧은 강렬한 입맞춤이었다.

"난, 기다리는데 익숙지 않아요."

기주가 달아오를 대로 달아올라 더는 자신의 감정을 주체하

지 못할 것 같은 얼굴로 시은을 바라보았다. 그런 기주의 시선을 시은은 고스란히 받아들였다.

"아!"

저절로 시은의 입에서 신음이 쏟아져 나왔다. 시은 역시 기주에 의해 불타오르는 감정을 억누를 수가 없었다.

얼굴이 후끈거렸고, 가슴 또한 울렁거리기 시작했다. 시은의 몸은 어느새 기주를 간절하게 원하기 시작했다.

누가 먼저랄 것 없이 호흡이 거칠어졌다. 이번에는 시은이 먼저 기주의 입술을 찾아 강렬하게 거슬러 올라갔다. 동시에 시은의 손은 기주의 가슴을 헤집으며 서두르기 시작했다.

남녀는 서로를 간절히 원하고 있었다.

남편 아닌 다른 남자와의 섹스. 있을 수 없는 일이었다. 하지만 시은은 그 몸부림이 싫지 않았다. 더 애타게 느끼고 싶었고, 몸부림치고 싶었다. 한껏 갈구하고 싶었고, 기주의 비밀스러움을 알고 싶었다. 더는 욕구를 떨쳐 버릴 수가 없었다.

열정이 불타오르고 있었다. 그리고 남자에 대한 간절함이 시은의 의식을 일깨우기 시작했다. 시은은 자신도 모르게 기주의 허리에 팔을 둘렀다. 그리곤 두른 팔에 힘껏 힘을 주었다.

시은 스스로도 놀랐다. 어떻게 그런 용기가 생겼는지 시은 자신도 믿을 수가 없었다.

"음……."

시은의 입에서 뿌리칠 수 없는 욕망의 뜨거운 신음이 쏟아져 나왔다.

갈증을 폭발시키려는 듯 시은은 격정적으로 몸부림치기 시작했다. 스스로 억제할 수 없는 욕구가 여자를 대담하게 만들었다.

기주의 가슴에서 시은은 희열을 느꼈다. 단 한 번도 느껴 보지 못했던 희열이었다. 무료하고 수동적인 현빈과의 의무적인 섹스가 아니었다.

그 강렬한 몸부림은 쉽사리 끝날 것 같지 않았다. 마지막에 다다르더라도 다시금 불타오를 수 있을 것 같았다.

시은의 몸부림은 끝내 흐느낌으로 변하기 시작했다. 욕구불만을 단번에 해소시키듯이 거침없는 몸부림과 발버둥이었다.

기주는 알면 알수록 빠져나올 수 없는 수렁과도 같은 존재였다. 기주는 좀처럼 무너질 것 같지 않았다. 그럴수록 시은은 상상하지 못했던 기쁨을 가슴 벅차게 받아들였다.

그 순간은 기주에게 모든 것을 내 맡긴다 해도 후회하지 않을 것 같았다.

마치 요부처럼 시은은 대담해졌다.

시은의 눈에는 희열의 눈물이 맺혀 있었다. 섹스를 하면서 그렇게 가슴이 터질 것 같았던 적은 없었다. 섹스를 하면서 눈물을 흘리리라고는 상상도 못했던 시은이었다.

여전히 시은의 가슴은 달음박질치고 있었다. 시은은 잔잔해진 기주의 가슴을 다시 일으켜 세우기 시작했다.

집으로 돌아온 시은은 혼란에 빠졌다.

아, 어떻게 현빈의 얼굴을 볼 수 있단 말인가. 무슨 낯으로 현빈을 대할 수 있단 말인가. 시은은 죄책감에 어찌해야 할지 몰라 안절부절못했다. 시은은 은지를 보는 것조차 부끄러웠다.

일어나지 말았어야 할 일이 벌어지고 만 것이었다. 그것도 남편의 친구와 불륜을 저지르다니.

시은은 그날 이후 요리 강좌에 나가지 않았다. 헬스클럽 역시 나가지 않았다.

현빈을 생각하면 더는 기주를 만날 수 없었다. 기주 또한 그 사실을 잘 알고 있을 거였다.

일주일이 지나면서 시은은 다시 운동을 시작했다. 기주가 오지 않을 시간에 맞춰 운동을 하곤 했다.

운동을 하면서도 시은은 주위를 두리번거리는 버릇이 생겼다. 시은 자신도 모르게 기주를 의식하고 있었던 것이다.

한쪽으로는 기주가 그립기도 했다. 기주가 어떻게 지내는지 궁금하기도 했다. 그런 생각이 들 때면 시은은 자신을 탓해야 했다.

현빈에게 더는 죄를 짓고 싶지 않았다. 기주에 대한 기억은 머릿속에서 말끔히 지워 버려야 했다. 하지만 그것이 뜻대로 되지 않는 것은 어찌 된 연유일까.

시은은 기주가 그리웠다. 그 어느 때 보다도 그리웠지만 용기가 나지 않았다. 그와의 섹스를 생각하면 당장이라도 달려가고 싶었지만 그럴 수는 없었다.

이끌림의 힘은 무엇인가. 시은은 불륜이란 단어가 무뎌져 가고 있음을 부정하지 못했다.

— 목소리 듣고 싶어서 전화했습니다. 괜찮은 거죠?

휴대전화 건너편에서 기주의 목소리가 쏟아져 나왔다. 하지만 시은은 대답하지 않았다. 기주의 전화를 끊어 버려야 한다는 생각뿐이었다. 그러나 시은은 전화를 끊지 못했다. 기주의 아픈 목소리가 시은의 입을 열게 만들었다.

"목소리가 왜 그래요. 어디 아픈 거예요?"

— 감기 몸살이에요. 감기가 한 번 오면 심하게 앓아요.

"약은 먹었어요? 식사는 한 거예요?"

시은은 자신도 모르게 기주를 걱정하고 있었다.

— 시은 씨가 보고 싶어요. 와 줄 수 없나요?

말끝에 기침이 힘겹게 쏟아져 나왔다.

전화를 끊고 시은은 망설여야 했다. 현빈을 생각하면 가지 말아야 할 것이다. 하지만 아픈 사람을 그냥 그대로 내버려 둘 수는 없었다.

시은은 미음을 만들기 시작했다. 미음을 만드는 동안 내내 시은은 가야 할지 말아야 할지 갈등하고 있었다.

시은은 마지막이라고 생각했다. 그리고 다시는 기주를 만나지 않을 거라고 결심했다.

기주에게 다시는 만나지 말자는 말을 해야 할 것 같았다.

언제까지 기주를 받아들일 수는 없는 노릇이었다. 현빈을 생각하면 그것은 당연한 일이었다.

실수일 뿐이다. 그 실수를 만회하기 위해서 현빈과 은지에게 앞으로 잘할 생각이었다.

12

정미주의 포트폴리오를 들여다보고 있었다. 야생화의 사진과 습성 그리고 나름의 특성을 살린 작품사진. 포트폴리오를 보면서 나는 정미주의 열정적인 면을 발견할 수 있었다. 포트폴리오라고 보기보다는 작업 노트라는 말이 옳을 것이다.

갑자기 정미주가 보고 싶어졌다. 그리고 포트폴리오 또한 돌려주어야 한다고 생각했다. 포트폴리오를 들여다보다가 정미주의 명함을 발견했다. 명함에 있는 휴대전화로 전화를 걸어보았지만 전화를 받지는 않았다. 다른 유선전화번호로 전화를 해 보았지만 역시 정미주와는 통화를 할 수 없었다.

너무도 큰 교통사고였기 때문에 나는 순간 불안함을 느꼈다. 정미주가 그 사고로 크게 다쳤거나 아니면 이 세상 사람이 아닐지도 모른다는 불길한 생각에서 헤어 나올 수가 없었다.

소리의 부탁도 있었기 때문에 나는 몇 차례 더 정미주의 연락처로 전화를 걸었지만 역시나 소용이 없었다.

– 정미주 씨와는 아직도 연락이 안 되는 거야?

때마침 소리에게서 전화가 왔다. 여러 차례 소리한테서 부탁

전화가 있었지만 정미주와의 연락은 번번이 이루어지지 않았다.
조바심을 느꼈던지 소리가 오늘 다시 전화를 걸어온 것이다.

"연락이 안 되네."

― 그럼 이렇게 하면 어떨까?

"어떻게?"

― 우리 쪽에서 먼저 작업에 들어가고 정미주 씨와는 나중에
계약서를 작성하는 거야. 내가 보니까 그 정도의 분량이면
충분히 책으로 낼 수 있을 것 같은데. 오빠 생각은 어때?

"글쎄. 본인이 승낙을 하지 않았는데 그렇게 해도 되는 걸까?
며칠 더 연락을 해 보던가 아니면 내가 그 공방으로 찾아가 보
던가 할게. 그러는 편이 나을 것 같은데."

― 그래. 그럼 나는 오빠만 믿어. 정미주 씨 꼭 섭외해야 돼.
아니면 우리 출판사 문 닫게 될지도 모른다고.

소리가 죽는 소리를 해왔다. 소리의 협박 아닌 협박에 나도
급해지기는 마찬가지였다. 오늘은 명함에 나와 있는 정미주의
공방으로 찾아가 볼 생각이다.

"그래 알았어."

― 약속했어. 아님 나 내일부터 무조건 그 책 작업에 들어갈
거야.

소리는 다시금 다짐을 받아내고는 전화를 끊었다.

"이 근처가 맞는 것 같은데."

나는 정미주의 명함에 나와 있는 공방의 주소를 찾고 있었다. 그러나 주소만을 가지고 공방을 찾으려니 여간 힘든 것이 아니었다. 근처 공인중개사 사무실에 들려 주소를 확인하고는 공인중개사가 가르쳐주는 대로 사거리 길 모퉁이를 돌았지만 정미주의 공방은 보이지 않았다. 분명 주소는 맞는데 공방 자리에는 다른 편의점이 자리를 잡고 있었다.

편의점에 들어가 점원에게 이곳이 공방이 아니었냐고 물었지만 점원은 모른다고 말했다. 옆 점포로 들어가 묻자 점원은 몇 달 전까지만 해도 도자긴가 인형인가를 팔던 공방이었다고 말했다. 그렇지만 언젠가 소리 소문 없이 문을 닫았다고 말했다. 점원은 언제인지는 딱히 꼬집어 말할 수 없다고 말했다. 각박한 세상임이 분명했다. 하기야 일 년에도 서너 번씩 점포주가 바뀌는데 누가 그걸 일일이 신경 쓰며 살아가겠는가. 더는 정미주를 찾을 단서는 그 어디에도 없었다. 있다면 불통인 전화밖에 없었다.

무작정 다시 정미주에게 전화를 걸었다. 혹시 받을지도 모른다는 희망은 또다시 깨지고 말았다. 나는 할 수 없이 돌아 섰다. 소리에게 무어라고 변명을 해야 할지 막막하기만 했다. 소리에게 괜히 포트폴리오를 보여주었나 하는 생각도 들었다. 일이라면 끈질긴 구석이 있는 소리를 어떻게 달래야 할지 막막하기만 했다.

차에 올라 신호를 기다리고 있었다. 그때 정미주로 보이는 여자가 횡단보도를 건너는 것을 무심결에 발견했다. 나는 승용차를 무단 주차시키고는 정미주가 건너간 횡단보도 앞에 섰다. 발길은 급하기만 한데 신호는 떨어지지 않았다. 발을 동동 구르면서 정미주가 건너서 갔을 길을 어림잡아 짐작하기 시작했다. 신호가 떨어지자 내 발걸음은 바쁘기만 했다.

나는 정미주를 찾아 이곳저곳을 헤매고 다녔다. 그러나 정미주는 그 어디에서도 찾을 수가 없었다. 30여분을 그렇게 정미주를 찾아 근처를 휩쓸고 다녔지만 그 어디에서도 정미주와 비슷한 여자는 발견할 수 없었다.

나는 다시 원점으로 돌아왔다. 차는 다행스럽게도 여전히 그곳에 정차되어 있었다. 견인되지 않은 것만도 천만다행이었다. 시동을 걸고 출발을 하려다가 나는 바로 앞 횡단보도에 서 있는 정미주를 발견했다. 분명 정미주였다. 클랙슨을 살짝 눌렀다. 그러자 정미주가 내 쪽을 바라보았다. 차에서 내린 나는 앞으로 다가가 정미주인 것을 다시금 확인했다.

"정미주 씨?"

"네."

"맞군요. 얼마나 찾았다고요."

"저를요?"

"네. 포트폴리오 때문에……. 그리고 걱정 많이 했습니다. 몇 달 전 교통사고로 많이 다쳤나 해서 얼마나 걱정을 했다고요. 전화도 안 되고. 또 공방도 문을 닫고 해서요. 저 모르시겠어요? 유현빈이라고 연리지 산장에서……. 몸은 좀 어떠세요?"

단 한 번의 만남을 정미주가 기억해 내지 못할까 봐 나는 노심초사였다.

"그럼요. 기억하고 말고요. 그럼 교통사고 때도 현빈 씨가 저를 차 안에서 구해주신 건가요?"

"기억하지 못하실까 봐 걱정했습니다."

사실 생색을 내려했던 것은 아니었다. 단지 정미주가 나를 기억하고 있는지, 기억하지 못한다면 그 기억을 일깨워 내고 싶었을 뿐이었다.

"고맙습니다. 신세를 졌네요."

정미주가 살포시 웃어주었다.

정미주는 건강해 보였다. 몇 달 전에 교통사고를 당했다고는 믿어지지 않을 정도로 건강했고 그때보다 더 발랄해 보였다. 옷차림도 그때처럼 낡은 등산화에 아웃도어룩 차림이었다. 그래서 더 정미주라는 것을 멀리서도 한눈에 알아볼 수 있었는지도 모른다.

"어디 가시는 길인가 봐요?"

"아니요. 집에 가는 길이었어요."

"어디 가서 차 한 잔 마실 수 있을까요? 포트폴리오도 돌려드려야 하고 또 드릴 말씀도 있고요."

"글쎄요. 그럼 저희 집으로 가시죠. 여기서 가까운 데."

"그럼 타세요. 모셔다 드릴게요."

정미주는 스스럼없이 조수석에 올라탔다. 다행이었다. 이제는 소리에게 할 말도 생겼고 정미주를 소리에게 소개만 시켜주면 그만이었다.

"슬퍼 보여요."

"네?"

뜬금없는 소리에 나는 정미주를 바라보았다.

"여전히. 아니 그때보다도 더 슬퍼 보이네요. 현빈 씨 어깨 말이에요. 대신 아파하고 있는 것 같아요. 사랑하는 사람이 아픈 것보다는 차라리 내가 아픈 것이 났죠."

"그렇게 보여요?"

"네. 너무 슬퍼하지 말아요. 상처는 언젠가는 아무는 법이거든요. 그래서 생기는 거고요. 그래서 아픈 거랍니다."

"그래요. 미주 씨도 많이 아팠겠죠? 이만하길 다행이에요. 교통사고로 불구가 되는 사람들도 많은데. 미주 씨는 그 사람들에 비하면 정말로 복 받은 거라고요. 전 미주 씨가 죽는 줄로만 알았어요."

"한 번은 죽잖아요. 누구나가 한 번은……."

122

정미주의 안내에 따라 나는 근린상가 형태의 5층 건물 앞에 차를 세웠다.

"여기 3층이에요. 그런데 청소를 하지 않아서 집이 좀 그럴 거예요."

"상관없습니다. 차만 한 잔 마실 건데요."

나는 정미주의 뒤를 따라 계단을 올랐다. 정미주는 3층 건물 전체를 다 사용하고 있었다. 문을 열자 마른 흙냄새가 확 풍겨져 나왔다. 정미주가 먼저 들어가 창문을 열자 흙냄새는 서서히 사라지며 익숙해지기 시작했다.

"작업실 겸 숙소예요. 커피밖에 없는데?"

"네 좋습니다."

"사실 요즘 바쁘거든요. 마지막으로 해야 할 일이 있어서요."

커피를 탁자에 올려놓으며 정미주가 말했다. 정미주는 커피를 마시는 대신에 욕실에서 발을 닦고 맨발로 나왔다. 그리고는 한쪽에 쌓아 놓은 흙을 바닥에 펴기 시작했다. 정미주는 곧 맨발로 흙을 밟기 시작했다.

왼발을 축으로 해서 오른발을 시계 반대 방향으로 촘촘히 밟아 나가기를 반복했다.

"바쁘면 다음에 올까요?"

"아니요. 같이 흙이나 밟으면서 이야기해요. 어서요!"

나는 뿌리칠 수 없어서 욕실에서 발을 씻고 나와 정미주가 알

123

려주는 대로 흙을 밟기 시작했다. 어느새 이마에 땀이 송골송골 맺히는가 싶더니 옷이 땀에 젖기 시작했다.

정미주는 밟아 놓은 흙을 쌓아 올려놓고 다시금 마음을 가다듬으며 흙 밟기를 시작했다. 흙을 한 칸씩 나누어 놓고 원을 그려가며 촘촘히 밟아가기를 계속했다. 그러자 흙 속의 공기가 빠져나가면서 흙에서 찰기가 느껴졌다.

흙 밟기를 끝내자 흙은 마치 새끼줄을 돌돌 말아 놓은 것 같은 형상이었다.

"참! 할 말이 있으시다면서요?"

"아, 네. 제 후배가 출판 일을 하고 있는데 미주 씨의 포트폴리오를 보고 그걸 책으로 내고 싶다고 해서요. 그래서 전화를 했는데 불통이더군요."

"그렇게 하세요."

"네?"

정미주의 흔쾌한 대답에 내 귀가 의심스러울 지경이었다.

"그렇게 하시라고요. 대신 계약은 다음에 할게요. 지금은 눈코 뜰 사이 없어서. 현빈 씨가 어련히 알아서 해 주시겠지만요."

정미주가 나를 향해 살포시 미소 지었다.

"그래도……"

"가스 가마나, 전기 가마, 석유 가마에 비하면 전통 장작가마는 매력 있는 가마인 것 같아요. 도자기를 하는 사람들에게는 하나쯤 갖고 싶어 하는 가마이기도 하죠. 저도 언젠가는 가마를 짓고 싶었는데. 도예가에게 있어서 가마 짓기는 중요한 일이에요. 도자기를 만드는 데 있어서 여러 가지의 성형 과정도 중요하겠지만 마지막 과정인 번조 과정의 효과를 높이기 위해서는 용도에 적합한 좋은 가마가 있어야 하기 때문이에요. 요즘은 용도에 따라 소성 온도를 달리 하는가 하면 가마의 구조에 변화를 주어 특별한 효과를 거두려고 시도하는 도예가들도 많아요. 그래서 스스로 가마를 만들면서 가마의 원리와 번조의 이치를 깨달아 보다 나은 번조 효과를 내기도 하는 거죠. 가능할 수 있을지 모르겠어요."

잠시 휴식을 취한 뒤 정미주는 흙 상태를 확인한 다음 만족스러운 듯 곧바로 흙 속의 공기를 빼주는 꼬막 밀기를 시작했다.

"진공으로 흙을 빼주는 토련기를 이용하면 이 고생을 하지 않아도 되지만 그럼 흙에 힘이 없어져요. 손이 많이 가더라도 되도록 흙 밟기만큼은 직접 해야 직성이 풀리는 편이거든요. 어렸을 때는 아버지가 왜 그렇게 흙 밟기에 공을 들였는지 몰랐어요. 하지만 나이가 들고 흙을 만지면서부터는 흙 밟기에 대해 알 수 있었어요. 그것은 흙을 다루는 데 있어서 마음을 올바르게 하는 수양이라는 것을. 흙과의 대화라는 것을요."

꼬막 밀기를 끝내고 나서 정미주는 흙을 작업실 바닥에 일정한 두께로 펴놓았다. 그리곤 흙 위에 구상해 두었던 그림을 그

125

리기 시작했다. 그 위에 가래떡처럼 흙을 길게 뽑아 놓은 코일을 밑그림 위에 붙이면서 형태를 만들어 나갔다. 얼마 동안의 숨 막히는 작업이 계속되었는지 모른다. 미주의 표정은 한 치의 흐트러짐도 없었다.

"이제 기다려야죠. 기다리는 건 너무 지루해요. 사실 너무 오랫동안 기다리고 있는 중이거든요."

또다시 정미주는 알 수 없는 말을 했다. 흙이 마르기를 기다린다는 말 같기도 했고 누군가를 기다린다는 말 같기도 했다. 하여간 정미주는 종잡을 수도, 이해할 수도 없는 여자였다. 그렇지만 발랄하고 쾌활한 성격은 마음에 들었다. 언젠가 시은에게도 그런 모습을 발견할 수 있었다. 지현과 함께 있는 시은을 볼 때면, 아니 우리 셋이 함께 있을 때면 누구보다도 더 시은은 발랄했고 쾌활했으면 얼굴에서 미소가 떠나가는 날이 없었다. 그리고 보면 옛날의 시은과 정미주는 많이 닮은 것도 같았다.

"인연이었을까요? 아님 필연 이었을까요?"

"네?"

"우리가 만난 것 말이에요."

"인연이었을 수도 있고 어쩌면 필연이었을 수도 있겠죠."

"그래요. 아마 기다려 보면 알게 될 수 있을지도 모르겠네요. 제가 너무 오랜 시간 현빈 씨를 잡아두고 있었던 것 같아요."

그리고 보니 밖은 어느새 어두워져 있었다.

"벌써 시간이 이렇게 됐네요."

"기다리는 건 저 혼자 할게요. 오늘 고마웠어요."

"고맙기는요. 저도 오늘 즐거웠는걸요."

"부탁이 있어요."

"네?"

"슬퍼하지 않기요. 그리고 사랑하는 사람 손 놓지 않기요. 또한 가지 사랑하는 사람을 너무 오래 기다리게 하지 않기요."

13

은지를 생각하면 시은의 눈에서는 저절로 눈물이 흘러내렸다. 하루하루 거듭되는 괴로움의 나날이었다.

시은은 누군가와 얘기하고 싶다는 생각을 했다. 하지만 막상 만날 사람도 그렇다고 찾아와 줄 사람도 시은에게는 없었다.

그만큼 은지와 현빈이 자신에게 어떤 존재였는지 시은은 절실하게 느끼고 있었다.

실컷 수다라도 떨고 나면 가슴에 응어리진 아픔을 그나마 잊을 수 있을 것도 같았다.

시은은 인터넷 사이트를 돌아다니다가 우연히 SNS를 알게 되었다. SNS에 실린 삶의 이런저런 이야기들에 이끌리던 시은은 자신의 SNS를 망설임 없이 만들었다. 그리고 그곳에 은지에 대한 그리움을 그려 나가기 시작했다.

그날 이후로 시은은 시간 날 때마다 SNS에 접속했다. 은지가 생각날 때면 여지없이 컴퓨터 앞으로 달려가거나 핸드폰 어플을 켰다. 그렇게 은지에 대한 그리움이 SNS에 일기로 쌓이기 시작했다.

SNS에 글을 써 내려가는 동안은 그나마 외롭지 않았다. SNS에 글을 올리는 것이 어느새 시은에게는 일상의 가장 중요한 일이 되어 버렸다.

창밖을 내다보고 있는 시은의 얼굴은 깊은 우수로 가득했다.

비가 내리고 있었다. 그렇지만 그 빗줄기는 상쾌하기보다는 서글프기만 했다. 적어도 시은에게는 그렇게 느껴졌다.

시은이 이사한 것은 2주 전이었다. 은지의 추억이 남아 있는 그 아파트에서 홀로 살아갈 자신이 없었기 때문이었다.

시은이 이사한 곳은 집보다는 작업실에 더 가까웠다.

조소과 출신인 시은은 대학 졸업 후에 자신의 전공을 살려 작업실을 꾸몄었다. 개인전도 한차례 가진 바 있었다.

딴에는 열심히 창작에 전념했지만 정작 시은은 창작보다는 나름대로 소박한 꿈을 꾸고 있었다. 그것은 한 남자의 아내가 되어 아이를 낳아 기르면서 평범하게 살아가는 것이었다.

현빈과 결혼하면서 시은은 작업실을 정리했다. 현빈의 내조에만 신경 쓸 생각이었다.

그런데 이제는 그 모든 것이 속절없는 미련일 뿐이었다.

빗줄기가 창문 안으로 몰아쳐 들어와 시은을 채근하듯 한바탕 된서리를 뿌리기 시작했다. 시은은 그만 열어 놓은 창문을 닫았다.

한동안 멍하니 앉아 있던 시은은 다시 작업을 하기 시작했다.

돌을 두드리고 다듬으면 마음이 편해졌다. 자신의 가슴을 거리낌 없이 파헤치고, 그 속에서 또 다른 자신을 찾는 흥미로운 일이었다.

비지땀을 흘려 가며 작업에 열중하던 시은의 얼굴이 한순간 일그러지기 시작했다. 그러다가 시은은 전동기를 그만 바닥에 떨어뜨리고 말았다.

은지가 보고 싶었다.

시은은 그대로 작업실을 나와 무작정 걷기 시작했다. 그것은 시은의 새로운 버릇이기도 했다.

어느새 그녀는 은지와 함께 살았던 그 아파트에 와 있었다. 아파트 문을 열면 은지가 꼭 있을 것만 같았다. 그리고 은지가 투정을 부리며 엄마 밉다며 토라질 것만 같았다.

넋을 잃고 서 있던 시은은 그만 고개를 젓고 말았다. 그곳에 은지가 있을 턱이 없었다.

시은이 돌아서려 할 때쯤 문이 열렸다. 그리고 여자아이가 그곳에서 엄마 손을 잡고 나왔다.

"은지야!"

착각이었다. 그 순간 시은은 여자아이가 은지가 아니라는 것을 확인하고는 황량해지고 말았다.

빗줄기는 점점 굵어졌다. 시은은 속절없이 먹먹해지는 가슴을 어쩌지 못한 채 그만 눈물을 흘렸다. 시은은 자신의 가슴에 깊숙이 박혀 있는 대못을 뺄 수 없다는 것을 알고 있었다.

그래서였을까, 시은은 그것을 빼 버리기보다는 그것을 간직하려 하고 있었다.

그 뼈저리게 타 들어가는 고통을 감수하며 살아갈 수 있을까. 시은은 자신이 없었다. 그것은 은지가 자신의 품을 떠나가는 순간부터 시은을 몰아세우며 질기게 끌어오고 있는 처절함의 현실이었다.

시은은 자신도 모르는 사이에 어느새 DVD 판매점의 문을 열고 안으로 들어갔다. 그곳은 은지가 자주 DVD를 빌리거나 사던 곳이었다.

DVD 판매점 주인이 시은을 알아보고 인사를 해 왔다.

"우리 은지 혹시 여기 오지 않았어요?"

시은의 말에 당황하는 쪽은 DVD 판매점 주인이었다.

"은지는 죽……. 오지 않았는데요."

DVD 판매점 주인이 시은을 안쓰럽게 쳐다보았다.

"그럼 우리 은지가 어디 간 거지."

돌아서며 아동용 DVD가 진열되어 있는 곳으로 시은이 다가갔다. 시은은 은지가 좋아하던 DVD 한편을 찾아들었다. 그리고는 계산대 앞에서 계산을 하려다가 시은은 이내 수척해진 얼굴로 고개를 숙이고 말았다.

저절로 눈물이 앞을 가렸다.

"미안해요. 다음에 다시 올게요."

그 말을 남긴 채 시은은 판매점을 황급히 나왔다.

또 바보 같은 짓을 했다. 시은은 벌써 몇 차례 DVD 판매점을 찾았다가 그렇게 도망쳐 나오곤 했었다.

옷은 이미 비에 흠뻑 젖어 있었다. 그럼에도 시은은 은지의 기억을 따라 비를 맞으며 이곳저곳을 되짚고 다녔다.

은지가 뛰어놀던 놀이터며, 놀이방, 그리고 유치원을 서성거리며 찾아다녔다.

'아, 우리 은지. 은지야……'

더는 걸을 수가 없었다.

눈가에 맺힌 서러움은 속절없이 볼을 타고 흘러내렸다. 한순간 시은의 다리가 풀리는가 싶더니 시은은 그만 바닥에 주저앉고 말았다.

얼마나 아팠을까, 그리고 얼마나 추웠을까. 그 얼마나 두렵고 무서웠을까. 무너져 내린 가슴을 시은은 수습할 수가 없었다. 그대로 은지를 뒤따르고 싶은 심정이었다.

절망은 시은을 사로잡고 쉽사리 놓아줄 생각을 하지 않았다. 시은의 상처는 돌이킬 수 없이 덧나고 있었다.

"은지야! 우리 예쁜 은지야. 엄마가 밉지. 그래 이 못난 엄마가 미울 거야. 엄마는 엄마 자격도 없는 사람이야."

하염없이 눈물이 흘러내렸다. 속절없이 설움이 복받쳐 올라

왔다. 가슴이 찢어지는 듯 울분이 토해져 나왔다.

지나가던 사람들이 주저앉아 울고 있는 시은을 힐끗힐끗 쳐다보았다. 하지만 시은은 그들의 시선은 아랑곳하지 않았다. 자식을 잃은 부모의 마음은 황량한 사막 같기만 했다. 그 어디에도 오아시스는 없었다.

얼마를 그렇게 울었을까, 누군가 다가와 우산을 씌워 주었다.

"은지 엄마, 그만 일어나. 언제까지 이럴 거야."

이웃집에 살던 지우 엄마였다. 동갑내기인 지우 엄마가 주저앉아 있는 시은을 일으켜 세우려 할 때였다.

"우리 은지 불쌍해서 어떡해!"

지우 엄마를 끌어안고 시은이 더 서럽게 울기 시작했다. 그러자 눈물 많은 지우 엄마의 눈시울도 붉어졌다.

지우 엄마가 시은의 등을 토닥여 주었다. 그러자 어느 정도 진정된 시은이 지우 엄마의 부축을 받으며 자리에서 일어섰다.

"이제 그만 잊어. 산 사람은 살아야 하잖아. 은지는 더 좋은 세상에서 아마도 행복하게 잘 살고 있을 거야."

"그러면 얼마나 좋을까."

넋이 빠져나간 채로 시은이 말했다.

시은의 입술은 청색증을 일으키듯 파랗기만 했다. 비에 흠뻑 젖은 몸은 체온 저하로 심하게 떨고 있었다.

"고마워."

시은이 뒤돌아섰다.

"또 어딜 가려는 거야 은지 엄마. 그러지 말고 우리 집에 가서 몸이라도 말리고 가."

지우 엄마가 말했지만 시은은 대꾸 없이 빗속을 걸어가고 있었다. 지우 엄마는 그대로 시은을 두고 볼 수가 없어서 뒤를 따라 우산을 받쳐 주었다.

도로로 나온 시은은 달려오는 택시를 잡아 세웠다. 그리고는 주저 없이 택시에 올라탔다.

"고마워 지우 엄마."

시은이 지우 엄마를 향해 힘없이 웃어 주었다. 그리고 택시는 이내 달리기 시작했다.

한참을 달려 택시가 도착한 곳은 은지가 있는 메모리얼파크였다. 택시를 돌려보낸 후 시은은 은지를 찾아 넋을 놓은 채 서글프게 발걸음을 옮겼다.

시은은 발걸음은 무겁고 더디기만 했다. 이제 은지를 만날 것이었지만 마음은 거대한 바위를 등에 짊어지고 있는 것처럼 무겁기만 했다.

숫자로 남은 은지의 앞에서 시은의 발걸음이 변함없이 멈추었다.

"은지야, 잘 있었니?"

은지의 사진을 쳐다보며 시은이 말했다.

마치 살아 있는 사람과 대화하듯 시은의 얼굴은 한순간 환해 졌다. 시은은 애써 눈물을 보이려 하지 않았다. 은지가 그렇게 슬퍼하는 엄마를 보고 덩달아 슬퍼할까 봐 시은은 입가에 지그시 미소를 지었다.

"우리 은지, 엄마 보고 싶지 않았니?"

은지의 사진을 만지며 시은은 애달픈 모정을 밝히고 있었다.

"엄마는 은지가 얼마나 보고 싶었는지 몰라. 우리 은지도 많이 기다렸지. 미안해 은지야. 앞으로 엄마 자주 찾아올게. 우리 은지 외롭지 않도록 자주 올게. 그러면 됐지. 우리 은지 착하지. 참, 꽃 사 오는 걸 잊었네. 다음에 올 때는 꼭 사 가지고 올게. ……비가 와서 우리 은지 춥겠다."

다시 시은이 눈물을 꿀꺽 삼켰다. 시은은 어쩌면 좋을지 몰라 그만 돌아서고 말았다. 돌아 선 채로 시은은 슬픔을 가라앉히고 있었다. 아니 슬픔을 꾸역꾸역 삼키고 있었다.

"미안해, 은지야. 이러지 않으려고 했는데. 엄마 너무 바보 같아 보이지. 그래도 어쩔 수 없어. 은지가 자꾸만 보고 싶어서, 그래서 자꾸만 눈물이 나오는 거야. 다음에 올 때는 울지 않을게. 그래, 울지 않을 거야."

시은은 울다가 웃었다. 마치 실성한 사람처럼.

저만치에서 발걸음 소리가 들렸다. 그 발걸음도 누군가가 그리워 시은처럼 그곳으로 찾아와 있을 거였다.

135

"엄마 이제 갈게. 은지야, 잘 있어."

망설이다가 시은이 말했다.

은지를 그곳에 남겨 두고 혼자 온다는 것이 마음에 걸렸지만 어쩔 수 없는 일이었다. 그렇다고 언제까지 그곳에 있을 수는 없었다. 시은은 몇 번이고 홀로 남겨질 은지를 돌아보다가 힘겹게 그곳에서 나왔다.

숫자로 남은 우리 은지!

비는 여전히 속절없이 내리고 있었다.

다시 시은은 빗속을 걷기 시작했다. 언제쯤 그 슬픔과 고통이 사라질지 시은은 막막했다. 어쩌면 영원히 그 고통과 괴로움 속에서 서성거리고 있을지 모를 일이다.

살아오는 동안 그렇게 절망적인 순간은 없었다. 운명으로 받아들이기에는 너무도 처절하기만 한 현실이었다.

하루하루 살아가는 것이 힘겹기만 한 시은이었다. 차라리 삶을 포기하고 은지의 곁으로 가고 싶다는 생각을 시은은 하루에도 수십 번씩 하곤 했다.

어쩌면 시은은 자신의 인생을 은지가 떠나간 그 순간부터 회피하기 시작했는지 모른다.

비를 맞으며, 그 빗속에서 시은은 자신을 철저히 고립시켜 놓고 있었다. 시은은 자신의 의지를 내세울 수가 없을 만큼 나약해져 있었다.

시은의 뒤로 승용차가 다가오고 있었다. 그리고 승용차에서 클랙슨이 울렸다.

하지만 시은은 뒤돌아보지 않았다. 자신이 길을 비켜 주지 않더라도 차가 지나갈 만큼의 넓은 공간이 있었기 때문이었다.

또 시은은 그 클랙슨 소리가 무엇을 의미하는지 알 수 없었다. 그리고 알고 싶은 마음도 없었다. 귀찮을 뿐이었다.

계속해서 울리는 클랙슨 소리에 시은이 무심코 뒤돌아보았다.

낯익은 승용차였다.

시은이 그 자리에 멈추어 서자 승용차가 다가와 멈추었다. 그리고 차창이 내려지며 낯설지 않은 목소리가 차 안에서 들려 나왔다.

"시은아!"

현빈의 목소리였다.

현빈이 어서 타라며 손짓을 해댔다. 시은은 잠시 망설이다가 힘겹게 현빈의 승용차에 올라탔다.

현빈이 시은에게 마른 수건을 내밀었다. 현빈은 시은을 안쓰럽게 쳐다보고 있었다. 그리곤 다시 핸들에 손을 얹었다.

시은은 수건으로 먼저 얼굴을 닦았다. 그리고 나서 젖은 머리카락을 힘없이 닦아 내기 시작했다. 시은의 안색은 하얗게 질려 있었다.

현빈이 시은을 위해 히터를 틀어 주었다. 그러자 한결 나아진 듯 시은이 가느다란 한숨을 내쉬었다.

"괜찮아?"

현빈이 물어 왔다.

"……."

그 말에 시은이 고개를 끄덕였다. 시은이 수건을 가지런히 접어 무릎 위에 올려놓았다.

"그렇게 비를 맞고 다니면 어떡해."

현빈이 걱정스러운 눈빛으로 시은을 건너다보았다. 그 순간 현빈은 시은의 얼굴이 많이 상해 있는 것을 발견할 수 있었다. 몇 달 사이 수척해져 마치 다른 사람을 보는 것만 같았다.

"당신이 여긴……?"

"은지가 보고 싶어서. 그래서 왔어."

분위기는 점차 숙연해졌다.

현빈 또한 홀로 있는 은지가 궁금했던 모양이었다. 현빈 역시 은지가 있는 그곳에 자주 찾곤 했었다.

은지를 그곳에 남겨 둔 이후로 그렇게 마주친 것은 오늘이 처음이었다.

은지의 납골묘 앞에는 늘 싱싱한 꽃이 놓여 있었다. 현빈은 그 꽃이 시은이가 가져다 두었을 거라고 생각했었다.

오늘도 현빈은 은지가 보고 싶어 꽃을 사 들고 그곳을 찾은 것이다. 그런데 뜻밖에도 시은이 그 앞에 서 있는 것을 보게 되었다. 현빈은 그 모습을 한참 동안 지켜보고 있었다.

"오늘은 미처 꽃을 준비하지 못했어요."

시은이 고개를 숙이며 한숨을 쏟아 내었다.

"꽃은 내가 준비했어. 녀석 아빠를 보더니 환하게 웃던 걸. 그리고선 좀 전에 엄마가 왔었다고…….."

현빈은 말을 끝까지 잇지 못했다.

"오늘 은지가 무척 좋았겠어요. 아빠도 오고 엄마도 왔으니까 말이에요."

그 말을 하면서 또다시 눈물이 흘러내렸다. 하지만 현빈에게 그 모습을 보이지 않기 위해 시은은 수건으로 자신의 얼굴에 남아 있던 물기를 닦아 내었다.

"요즘 어떻게 지내?"

"……."

모르겠어. 내가 정말 싫은데. 그래서 차라리 죽고 싶은데. 하루에도 몇 번씩 죽고 싶다는 생각을 하면서도 죽지 못하는 건 무엇 때문일까. 언젠가는 그날이 오겠지만, 난 그때까지 기다릴 수가 없을 것 같아.

시은은 말을 하지 못하고 시무룩한 표정과 충혈된 눈으로 차창 밖을 주시했다.

차창 밖으로는 아무것도 보이지 않았지만 시은은 차창에서 시선을 떼지 못했다. 현빈을 볼 낯이 없었기 때문이었다.

세상 사람들이 자신을 원망하더라도 현빈 만은 자신을 원망하지 않고 오히려 감싸줄 남자였다. 그런 현빈의 옆에 앉아 있는 자신이 시은은 너무도 부끄럽고 속이 상했다.

"식사는 제때 하는 거야?"

"네."

짤막하게 시은이 대답했다. 현빈에게 또 걱정을 끼치고 싶지 않았기 때문이었다.

"그런데 얼굴이 엉망이야."

"걱정하지 말아요. 당신도 힘들 텐데……."

시은은 자신을 걱정해 주는 현빈이 고마웠다. 하지만 그 이상을 시은은 현빈에게 바랄 수 없었다.

이제 둘이 아닌 혼자였다. 앞으로도 혼자의 힘으로 많은 날을 살아가야 할 터였다. 그것은 현빈도 마찬가지일 거였다.

"기주하고는 어때?"

그 말을 하는 게 아니었는데. 현빈은 그 말을 하고 나서 후회하기 시작했다.

"잘 지내요."

시은의 목소리가 한순간 가느다랗게 떨려 나왔다. 그리고는 한동안 두 사람 사이에는 말문이 막혀 버렸다.

현빈의 말에 시은은 자신을 다시금 인식하기 시작했다. 이제 남이라는 사실을 실감할 수 있는 날 선 비수와도 같은 말이었다.

현빈은 망설임 없이 다가서기에는 너무도 먼 곳에 있었다. 함께 앉아 있는 그 순간에도 남이라는 장벽은 변함없이 둘 사이를 가로막고 서 있다는 것을 잊고 있던 자신이 시은은 미웠다.

"저쪽에 세워 주세요."

시은이 말했다.

"집까지 태워다 줄게."

하지만 현빈은 시은의 말에는 아랑곳하지 않고 예전에 살던 아파트로 핸들을 돌리고 있었다.

"그러지 않아도 돼요. 여기에서 택시 타고 가면 돼요."

시은이 말했지만 현빈은 막무가내였다.

아직도 비가 내리고 있었다. 그대로 빗속에 시은을 나 몰라라 내려줄 수 없었기 때문에 현빈은 매정하게 차를 세우고 싶지 않았다.

"이사했어요."

"이사?"

"네."

"언제?"

"2주 전쯤."

"그랬구나. 그럼 거기가 어딘지 말해. 그 앞에까지 바래다줄게."

좀처럼 그치려 하지 않는 빗줄기 때문에 현빈은 시은을 내려 주려 하지 않았다.

추모공원에서 비를 맞고 걸어가던 시은의 뒷모습을 현빈은 떠올리고 있었다. 현빈은 너무도 초라하고 안쓰럽기만 했던 시은의 그 뒷모습을 다시 보고 싶지 않았다.

시은이 알려주는 쪽으로 현빈이 핸들을 돌렸다.

시은은 생각했다. 이 길이 예전의 그 행복했던 순간으로 이어지는 길이었으면 얼마나 좋을까 하고. 하지만 이루어질 수 없는 사랑만큼이나 다다를 수 없는 행복이라는 것을 시은은 뛰어넘을 수 없었다.

"여기 맞아?"

5층 건물 앞에 차를 세우며 현빈이 시은을 쳐다보았다. 그때까지도 현빈은 설마 하는 생각으로 차에서 내렸다.

"……."

"여긴……."

그랬다. 그 건물은 근린 상가 형태의 건물로 주거하기에는 마땅치 않은 공간이었다. 그리고 확실히 정미주가 사는 곳이기도 했다. 현빈은 미주와 함께 흙 밟기를 하던 날을 떠올리고 있었다.

"들어가서 차라도 한 잔 마실래요?"

"그래도 될까?"

시은이 먼저 건물 안으로 뛰어 들어갔다. 그 뒤를 현빈이 뒤따랐다.

신축된 지 얼마 되지 않아서 그런지 건물은 비교적 깔끔한 편이었다. 3층에서 발걸음을 멈춘 시은이 열쇠를 찾아 문을 열었다.

"여기가 맞아?"

"네."

'여긴 정미주 씨가 살던 곳인데.'

설마 하던 생각이 맞아떨어지고 말았다. 하필이면 왜 그곳인지 알 수 없는 노릇이었다. 그렇다면 정미주는 또 어디로 사라진 것일까? 현빈은 정미주에게 전화를 걸려다가 이내 포기하고 말았다.

날씨가 흐렸기 때문에 안으로 들어가자마자 시은이 불을 켰다. 멋쩍게 서 있던 현빈의 눈에 들어온 것은 비교적 잘 정돈된 작업실이었다. 현빈이 예상했던 흙냄새는 전혀 나지 않았다.

대신 몇몇 작품을 구상해 놓은 스케치가 보였다. 그리고 그 너머로 최근에 작업하기 시작한 조형물이 받침대 위에 어느 정도 형태를 잡은 채 올려져 있었다. 그 어디에도 정미주의 흔적은 찾아볼 수 없었다.

현빈도 이내 정미주의 흔적을 찾는 것을 포기하고 말았다. 하지만 왠지 그곳이 낯설지만은 않았다. 어디에선가 불쑥 정미주

143

가 나타나 흙 밟기를 할 것만 같았다.

"작업 시작했구나."

"지금 녹차밖에 없는데, 괜찮겠어요?"

시은의 말에 현빈이 고개를 끄덕였다. 그리고 얼마 지나지 않아서 시은이 녹차를 끓여 현빈이 앉아 있는 창가 테이블 위에 올려놓았다.

"일은 언제부터 하기 시작한 거야?"

"좀 됐어요."

"그랬구나."

현빈은 시은이 자신의 일을 찾아 열심히 살아가고 있다는 것에 안심할 수 있었다.

사실 시은이 작업실을 꾸미려고 했던 것은 은지의 사고가 있기 전이었다. 그때 벌써 작업실을 계약해 놨지만 은지가 사고를 당하는 바람에 입주하는 것을 뒤로 미루어야 했다.

"일은 할 만 해?"

"……당신은 어때요?"

고개를 끄덕이며 시은이 되물었다.

"그럭저럭."

"참. 책 출간한 거 축하해요."

"고마워."

너무도 상투적인 질문과 대답이 둘 사이에 오갔다.

144

둘의 대화는 그 이상의 범주를 벗어나지 않았다. 그리고 남이라는 것을 확인하려는 듯 현빈은 그렇게 몇 마디만을 주고받은 뒤 시은의 작업실을 나섰다.

현빈이 가고 난 한참 뒤에도 시은은 멍하니 자리에 앉아 있었다. 이제 현빈에게 자신을 인식시키는 것이 그 얼마나 무모한 일인가를 시은은 실감하고 있었다.

시은은 다시금 초라함으로 일그러지고 말았다. 그러면서도 다시 예전으로, 그 행복했던 그때로 되돌아 갈 수 없을까 하는 미련을 접어들이지 못했다.

그때로 되돌아가지 못하더라도, 예전처럼 현빈의 곁에 남아 있을 수 있다면 그것으로도 시은은 행복할 수 있을 것 같았다.

14

언제까지 그렇게 미련스러운 얼굴로 세상을 살아갈 수는 없는 일이었다. 언제까지 그렇게 낯선 얼굴의 자신을 바라보고 있을 수만은 없었다.

이제 지난 상처를 접어야 할 때였다. 은지도 그러길 바라고 있을 것이라고 나는 생각했다.

전화코드를 꽂았다.

그동안 잠들어 있던 나의 일상이 다시금 꿈틀거리기 시작했다.

쌓여만 가던 슬픔과 고통의 아련한 먼지들은 그렇게 훌훌 털어 내어지고 있었다.

너무도 많은 생각과 아픔의 나날을 걸어온 터라 나는 이제 생각할 것도 아파할 것도 남아 있지 않았다.

시간의 뒤로 상처를 가두어 버리기로 했다. 그리고 아주 가끔씩 꺼내볼 생각이다.

오랜만에 나는 출판사를 찾았다. 책이 출간되고서 한 번도 찾지 않은 출판사였다.

그곳에는 뜻밖에도 소리가 와 있었다.

"이게 누구야. 현빈아 얼굴 잊어버리겠다."

김 선배가 자리에서 일어나 손을 내밀며 말했다.

"죽지 않고 살아 있었네."

농조로 말을 던진 소리의 입가에는 어느새 미소가 한껏 깃들어 있었다.

"미안해서 어쩌지 이렇게 살아 있어서. 죽긴 누가 죽어. 보고 싶어서 안달 낼 사람 때문에라도 오래오래 살아야지."

"그게 누군데?"

"그게 누군데 하고 묻는 사람."

"참 아직 모르지. 소리가 우리 출판사에서 일하게 됐어. 스카우트하는데 꽤 애먹었어."

"유현빈 선생님 잘 부탁드려요."

내 밝아진 모습 때문이었을까, 소리의 얼굴도 밝아 보였다.

"이제 다음 작품 준비해야지? 우리 홈페이지 지금 난리 났어. 벌써부터 독자들이 다음 작품 언제 나오느냐고 난리들이야. 그리고 작가 선생님 메일 주소 알려 달라고 하루에도 수 십 건 씩 게시판에 올라온다니까. 작품은 쓰고 있는 거야?"

김 선배가 은근히 기대하는 눈치로 나를 건너다보았다.

"글쎄. ……언제 퇴근할 거야? 오늘 직원들하고 저녁 식사나 함께 하려고 온 건데. 그동안 내가 너무 무심했잖아."

"알기는 아네. 그런데 미안해서 어쩌지 난 안 될 것 같은데. 오늘 중요한 약속이 있는데. ……그러지 말고 오늘은 한 실장하고 한잔 해. 다음에 내가 회식자리 마련할게. 한 실장, 부탁할게?"

"걱정 마세요. 유 선생님은 오늘 제가 모실게요."

소리가 나에게 눈짓을 보내왔다.

소리와 나는 출판사에서 나와 근처 술집에 자리를 틀고 앉았다. 나는 오랜만에 홀가분한 얼굴로 술잔을 기울였다.

"정미주 씨 작품 말이야. 이번에 대박 칠 것 같아. 그런데 계약은 언제 할 거래?"

"그게…….."

"왜?"

"사라졌어. 전화도 되지 않고. 전화번호는 살아 있는데 전화를 받지 않아. 그래서 걱정이야."

"오빠, 설마 정미주 씨를 일부러 감추어 두려고 그러는 거 아냐. 보여주기 싫어서 말이야. 두 사람 사이가 수상한데."

"수상하긴 그런 일 없어. 아마도 바빠서 그럴 거야. 한 참 바쁠 거라고 그랬거든. 걱정하지 마. 전화번호 남겨 놨으니까 바쁜 일 끝내면 출판사로 전화가 갈 거야."

호프 서너 잔을 기분 좋게 마신 뒤에 우리는 각자의 집으로 가기 위해 택시를 기다리고 있었다.

"난 다음 택시 타고 갈게."

막 달려온 택시에 소리를 밀어 넣으며 말했다.

"같이 가. 가다가 내려 주면 되잖아."

소리가 내 손을 끌어당겼다. 나는 소리의 옆에 어쩔 수 없이 올라탔다. 그러자 택시가 곧 출발했다.

"오빠 옆에 있으면 왠지 편안해."

소리가 내 곁으로 바짝 다가와 앉았다. 그리고 내 어깨에 자신의 머리를 살며시 기대었다.

"아무래도 빨리 시집보내야겠다. 내가 아끼는 후배가 있는데 소개해줄까?"

"됐어요. 나도 좋아하는 사람은 있다고요."

소리가 뾰로통해진 얼굴로 나를 쏘아보았다.

"정말? 우리 소리가 그런 재주도 있었네. 그럼 언제 한번 소개시켜 줘. 어떤 남잔지 정말 기대되는데."

'바보, 그래 오빠는 바보야. 아직도 오빠는 눈치 채지 못했으니까.'

소리는 말없이 웃기만 했다.

"정말 있기나 한 거야?"

"전화 왔었어."

소리가 화젯거리를 돌렸다.

"……?"

"시은 언니한테서……."

"……."

"오빠가 걱정이 돼서 전화했데."

"그만 하자."

내 안색이 어두워지기 시작했다. 그리곤 이내 입에서 한숨이 쏟아져 나왔다.

왜 그런 말을 했는지 소리는 후회하는 눈치였다. 그리고 더는 시은에 대한 얘기는 꺼내지 않았다.

어색한 침묵이 흐르기 시작했다.

소리는 며칠 전 자신에게 걸려 온 전화를 떠올렸다.

몇 년째 전화 한 통도 없던 시은에게서 전화가 걸려 온 것이다. 소리는 시은에게서 전화가 오리라고는 생각도 하지 못했다.

시은의 목소리는 술에 잔뜩 절어 있었다. 시은은 소리의 목소리를 확인하고 나서부터 다짜고짜 울어대기 시작했다.

시은은 5분쯤 속절없이 울었다. 그리고 5분쯤 하염없이 긴 한숨만 쏟아 냈다. 그 후로 얼마 동안 시은은 마음을 진정시키지 못한 채 흐느끼고 있었다.

─ 다시 시작하고 싶어. 하지만…….

시은이 힘겨운 목소리로 일그러졌다.

소리는 아무 말도 하지 않았다. 그저 수화기를 든 채 현빈을 생각했다. 그리고 현빈이 느꼈을 배신감을 되짚어 보았다. 그러면서도 소리는 왠지 시은이 불쌍하다는 생각을 했다.

─ 그가 받아 준다면…….

시은의 목소리는 절망감에 주저앉고 있었다.

─ 그이한테 너무 큰 잘못을 저지른 것 같아. 하지만 난 그런
걸 바랐던 게 아닌데. 난 단지…….

─ 언니 너무 취했어.

어떤 말도, 그 어떤 위로도, 그렇다고 그 어떤 충고도 소리는
해 줄 수 없었다. 소리는 시은에게서 걸려 온 전화가 부담스럽
기만 했다.

─ 그이는 아마 날 용서하지 않을 거야. 죽을 때까지도…….
아마 그럴지도 몰라.

언닌 아직도 오빠에게 집착하고 있구나. 언니가 그럴수록 언
니 자신만 힘들어진다는 걸 언니는 왜 몰라. 그래, 언니도 알겠
지 그래서 그렇게 힘든 거구.

─ 나 어떡해!

언닌 여전하구나. 여전히 욕심만 많아. 언니의 그 욕심 때문
에 언니는 스스로 불행해진 거야.

그런 생각을 하면서도 소리는 시은을 나무랄 수가 없었다. 시
은의 그 힘없이 일그러진 목소리가 너무도 안타까웠기 때문이
었다.

─ 미안해. 이렇게 늦은 시간에 전화해서.

151

혼자 말하던 시은이 제 뿔에 지쳐 전화를 끊었다.

시은 언니는 정말 다시 시작할 수 있다고 믿는 것일까. 이제 와서 다시 시작하려는 것이 무리라는 것을 알면서도. 그것을 시은 언니 자신이 누구보다도 더 잘 알고 있을 텐데.

택시가 오피스텔 앞에 도착했다.

"피곤할 텐데 들어가서 쉬어."

택시에서 내리며 말했다.

"아저씨 얼마예요?"

소리도 택시에서 내렸다.

"집에 가는 것 아니었어?"

"들어가야지."

나를 뒤로하며 소리가 오피스텔 안으로 먼저 들어섰다.

"우리 집 말고……?"

"참 예기 안 했구나. 나, 이곳으로 이사 왔어. 벌써 일주일 됐는데."

소리가 돌아서며 말했다.

"정말이야?"

"……."

소리가 고개를 끄덕이며 나의 팔을 잡아끌었다.

"난 그것도 모르고……."

"얼마 전에 오빠 찾아왔었을 때 보니까 여기 꽤 깨끗하더라.

저번에 살던 집 계약도 끝나고 해서 이사 오게 된 거야. 807호
야. 오빠 집이 907호니까 바로 아래층이 우리 집이네."

엘리베이터를 기다리며 소리가 나를 향해 살포시 웃어 주었
다.

"그런데 왜 말 안 했어? 그랬으면 이삿짐 나를 때 도와주었을
텐데."

"요즘 누가 이삿짐 나르고 그래. 짐도 별로 없고 해서 포장 이
사했어. 그러고 보니 우린 사촌지간이네, 이웃사촌 말이야. 앞
으로 잘 부탁해, 오빠. 작업하다가 잘 안 풀리거나 술 생각나면
우리 집으로 놀러 와. 혼자서 머리 싸매고 있지 말고. 인심 썼
다. 오빠한테는 특별히 24시간 개방해 놓을게. ……그러지 말고
우리 집에 가서 커피나 한 잔 마시고 올라가?"

"오늘은 너무 늦었어. 그리고 앞으로도 시간이 많은데 뭘."

엘리베이터가 내려와 우리를 태웠다.

"한 건물에서 오빠와 함께 산다니까 정말 이상하다. 그것도
바로 아래에서……."

"출판사 근처로 이사하지 그랬어. 여기에서 출판사까지 출퇴
근하려면 힘들 텐데."

"기껏해야 30분 거린데 뭘. 회사가 가까이에 있으면 게을러
지고 또 그만큼 군살이 붙을 것 같아서 이리로 이사 온 거야. 그
리고 여긴 오빠가 있어서 외롭지 않을 것 같기도 해."

153

엘리베이터는 잠시 8층에서 멈추었다.

"들어가."

"오빠도."

엘리베이터 문이 닫히기 시작하자 소리가 나를 향해 손을 흔들어 주었다. 나는 웃음으로 답례해 주었다.

엘리베이터는 곧 9층에서 멈추었다.

혼자 남자 어깨가 다시금 힘없이 처지기 시작했다. 집으로 들어온 나는 한동안 불을 켜지 못했다. 멍하니 서 있던 나는 그만 힘없이 소파에 주저앉고 말았다.

혼자인 것이 익숙할 때도 된 것 같은데 그러질 못했다. 혼자인 것이 불안했고 허전함이 더없이 싫었다. 그 순간 우울함을 억누를 수 없었다.

그때 기다렸다는 듯이 발신제한 전화벨이 울렸다.

"여보세요?"

─ …….

물었지만 저쪽에서는 아무런 대답이 없었다. 대답 대신 저쪽에서는 가느다란 한숨만이 쏟아져 나올 뿐이었다. 그 한숨의 끝에 무색함을 남기듯 투박한 전자음이 마지막을 대신했다.

오늘도 잠을 이룰 수가 없을 것만 같았다. 나는 커피를 끓여 컴퓨터 앞으로 다가가 앉았다.

밤이 되면 불면증이 나를 괴롭혔다. 수면제를 먹어야만 겨우 잠을 이룰 수 있었다. 하지만 언제까지 수면제에 의지할 수만은 없었다. 그렇다고 억지로 잠을 청할 수도 없는 노릇이었다. 그래서 나는 밤이 싫었다.

컴퓨터를 켤 수는 없었다. 나는 점점 먹먹해지는 기분을 끌어안고 창가로 다가갔다.

벤치에 앉아 있던 시은은 휴대전화를 접으며 오피스텔을 올려다보았다.

아마도 9층쯤이었을 것이다.

오피스텔 앞에 위치한 공원의 분수대에서 한여름의 열대야를 식히려는 듯 가느다란 물줄기가 쏟아져 나오고 있었다.

바로 그 앞에 시은은 벌써 한 시간 째 꼼짝도 하지 않고 앉아 있었다. 그런 시은의 앞으로 가시지 않은 더위를 품은 바람이 불어와 그녀의 머릿결을 쓸고 적막함을 남겨 둔 채 스쳐지나갔다.

시은의 막연한 얼굴이 안타깝게 흔들렸다.

시은은 현빈과 소리가 오피스텔로 들어가는 것을 목격했다. 현빈은 이젠 자신의 남자가 아닌 남일 뿐이었다. 그런데 왜 그 모습을 보고 현빈이 더 절실하게 느껴지는 것인지 시은은 하염없이 고개를 숙이고 말았다.

시은은 그곳에 앉아 있는 자신을 꾸짖었다.

스스로 포기한 것들이기에 다시 돌이킬 수 없음을 알면서도.

하지만 자꾸만 현빈이 그리운 것은 무슨 연유에서인가. 자신을 책망해 보지만 시은은 자꾸만 현빈을 향한 간절함을 지울 수가 없었다.

다시 한 번 시은은 현빈과 소리가 있을 오피스텔을 올려다보았다. 시은의 얼굴은 여전히 홀가분할 수 없었다.

후회해도 소용없는 그 후회를 시은은 지금도 역시 하고 있었다.

기주와의 만남이 시은은 한없이 야속할 뿐이었다.

15

나는 시은의 3층 작업실에 불이 켜지는 것을 보고서야 뒤돌아 설 수 있었다.

'내가 힘든 것처럼 당신도 힘이 드는구나.'

발걸음이 무거워졌다. 돌아서기는 했지만 마음은 작업실에서 홀로 외롭게 있을 시은의 생각에서 헤어 나올 수 없었다.

문득, 시은의 얼굴에서 사라져 버린 웃음을 찾아 주고 싶다는 생각을 했다.

언제였던가, 그러고 보니 시은에게서 웃는 모습을 본 기억이 희미했다. 아무리 생각해 내려 해도 시은의 웃는 얼굴은 좀처럼 떠올릴 수가 없었다.

환하게 웃던 시은의 모습을 결혼 이후 보지 못했던 것 같았 다. 그러고 보면 시은에게서 웃음을 빼앗은 장본인은 바로 나였 다. 나는 시은에게 무심했던 자신을 탓하고 있었다.

지현이 죽은 후, 어쩌면 나는 지현을 잊기 위해서 시은을 선 택했었는지도 모른다. 그러면서도 지현과의 사랑을 지키지 못 한 것을 시은의 탓으로 돌렸고 함께 살아오는 동안 마음은 늘 지현에게 향하고 있었다.

그런 나를 바라보았을 시은의 마음을 짐작하던 나는 착잡함을 억누를 수 없었다. 사랑한다는 말 한마디 해 주지 못했고, 곰살갑게 대해주지 못했던 자신이 원망스러웠다.

왜 그때는 그런 생각을 하지 못했던 것인지, 남이 되어 버린 지금에 와서 생각하면 후회만 될 뿐이었다. 시은이 불륜을 저질렀던 것도, 은지가 사고를 당했던 것도 모두가 나 자신의 부족함 때문이라고 나는 생각했다. 돌이킬 수 없기에 아픈 가슴을 억누를 수가 없었다.

시은이 걸었던 그 길을 나 역시 서글픔으로 걷기 시작했다.

"현빈 씨?"

고개를 들었을 때 앞에는 정미주가 서 있었다.

"어떻게 된 거예요?"

"나 술이 마시고 싶어요. 가요."

정미주가 불쑥 손을 잡고 잡아끌기 시작했다. 정미주가 향한 곳은 먹자골목이었다.

순대볶음을 시켜 놓고 머리고기까지 푸짐하게 한 접시 더 주문했다.

"술 안 줄 거예요?"

정미주가 빈 술잔을 치켜들었다. 술잔을 채워주고 내 술잔에도 술을 따랐다. 술은 무덤덤한 맛이었다. 쓰지도 달지도 않았으며 취하지도 않았다.

"나, 머리고기 좋아해요."

그 말에 나는 찬찬히 정미주를 바라보았다. 정미주는 아무리 보아도 시은을 많이 닮았다. 머리고기를 좋아하는 것도 그렇고 입을 달싹이며 술 마시는 모습도 그랬다.

"오늘도 안 좋은 일 있었나요?"

"글쎄요."

나는 술잔을 기울였다. 그러고 보면 먼저 묻는 것도 시은을 닮았다. 먼저 말을 거는 것 하며 웃는 모습. 왜 난 시은에게서 그런 모습을 빼앗아 버린 것일까.

"그 사람 누구? 사랑하는 사람?"

"……."

"그렇구나. 너무 슬퍼 보이던데. 그거 알아요? 우리가 살아가는 세상이 너무 짧다는 것. 그래서 하고 싶은 건 많은데 하지 못하고 가서 죽을 때 힘든 거래요. 이를테면 결국에는 미련만 남는다는 소리죠."

"그런데 어디로 이사 간 거예요? 왜 출판사에는 전화도 않는 거고요? 책이 곧 나온다고 하던데. 저자의 말이라도 실어야 한다고 출판사에서 난리가 났어요."

"꼭 그런 거 실어야 하나. 우리 술이나 마셔요."

정미주는 술도 참 맛있게 마신다. 그래서 싫어할 수 없는 여자인지도 모른다. 나는 오늘 따라 술맛을 알 수가 없었다. 술을 마시는 것이 아니라 물을 마시는 것처럼 아무 맛도 느껴지지 않았다.

"저 갈게요. 약속을 깜빡했어요. 잊지 말아요. 나랑 한 약속. 슬퍼하지 않기. 그리고 사랑하는 사람 손 놓지 않기. 또 한 가지 사랑하는 사람을 너무 오래 기다리게 하지 않기. 알았죠?"

"정미주 씨! 또 만날 수 있을까요?"

"아니요. 이제 우리 그만 만나요. 하지만 한 번쯤은, 마지막으로 한 번쯤은 만날 수 있을지도 모르겠네요."

"정미주 씨?"

정미주는 이내 인파 속으로 사라지고 말았다. 항상 그런 식이다. 정미주는 시은처럼, 시은의 예전 모습을 새록새록 기억하게 만드는 묘한 매력을 지닌 여자다.

나는 술잔을 기울이며 시은에 대한 생각으로 골몰해졌다.

「은지가 불쌍해요.
은지는 아빠가 보고 싶은데 엄마는 자꾸만 안 된데요.
엄마도 아빠가 보고 싶으면서.
엄마는 은지처럼 샘이 많거든요.」

– 은지의 그림일기 중에서

은지의 마지막 그림일기였다.

그림일기에는 아빠와 엄마의 손을 잡고 걸어가는 은지의 모습이 그려져 있었다. 그리고 일기의 맨 위에는 은지가 사고를 당했던 날짜가 적혀 있었다.

그 마지막 일기의 뒤로 아직 쓰이지 않은 여백이 많이 남아 있었다.

은지가 살아 있다면 고사리 손으로 한 장 한 장 삐뚤삐뚤한 글씨를 채워 나갔을 일기장.

일기를 읽는 내내 시은의 눈에서는 눈물이 마를 겨를이 없었다.

시은의 눈에서 흐른 눈물은 곧 주인 잃은 은지의 그림일기 위로 하염없이 떨어져 내렸다.

"은지야 미안해. 엄마는 정말이지 나쁜 엄마야!"

은지의 말이 옳았다. 시은은 은지에게 나쁜 엄마였다는 것을 부정하지 않았다.

은지에겐 턱없이 모자란 엄마였다는 것이 시은은 마음에 걸렸다. 그래서 더더욱 가슴이 아팠다.

좋은 엄마가 되려고 해도, 은지를 예뻐하려 해도 은지는 이미 이 세상에 없었다. 후회해도 소용없는 일이었지만 시은은 미련을 버릴 수 없었다. 그래서 은지를 가슴에서 떠나보내지 못하고 있었다.

사는 동안은 은지를 간직해야 할 거였다. 자신이 죽는다 해도 은지만큼은 시은은 잊을 수 없을 것만 같았다.

은지에게는 영원히 나쁜 엄마로 남겠지만 시은은 은지에 대한 그리움을 떨쳐 버릴 수가 없었다.

시은은 은지에게 잘해 준 것을 손으로 꼽아 보았다. 하지만 잘해 준 것보다는 그 반대인 것이 너무 많았다.

시은은 은지가 유치원에서 돌아올 때 마중 나간 것이 몇 번인가 생각했다. 은지가 유치원에 다니기 시작하면서 처음 몇 번은 마중을 나갔지만 그 후로는 없는 것 같았다.

'아…….'

외마디 신음이 시은의 입에서 쏟아져 나왔다.

그날 시은은 비가 오는 줄도 모른 채 낮잠을 자고 있었다. 초 인종 때문에 잠에서 깬 시은은 아무 생각 없이 현관문을 열었 다. 그 앞에는 비에 흠뻑 젖은 은지가 서 있었다.

"엄마 미워!"

샐쭉해진 은지가 시은을 밀치고 들어왔다.

그제야 시은은 밖에 비가 오고 있다는 것을 알 수 있었다.

"은지 화났구나. 엄마가 나가려고 했는데 그만 깜빡했어. 미 안해, 은지야."

"다른 애들은 엄마들이 다 마중 나왔어. 엄만 뭐야. 난 엄마 딸 아닌가 봐. 엄마 미워!"

그러곤 은지는 방에 들어가 문을 꼭 걸어 잠근 채 서럽게 울어대기 시작했다. 은지는 엄마가 야속했던 모양이었다.

친구 엄마들은 우산을 들고 나와 기다리고 있었는데 자신만 비를 흠뻑 맞고 들어와야 했으니 그럴 법도 했다. 어린 동심에 상처를 입었을 것은 당연한 일이었다.

시은이 그런 은지의 마음을 풀어 주려 노력했지만 은지는 통 마음을 열지 않았다.

은지가 화를 내면 좀처럼 풀어지지 않았다. 그럴 때면 으레 은지 아빠가 달래어 겨우 풀어지곤 했다.

시은은 은지에게 해준 것보다는 해주지 못한 것이 너무도 많아서 메이는 가슴을 주체할 수가 없었다.

유치원에서 야외학습을 갈 때도 그랬다. 미처 김밥을 준비하지 못했던 시은은 근처 분식집에서 김밥 두 줄을 사다가 싸 보낸 적이 있었다.

잔뜩 기대하고 있던 은지는 뾰로통한 얼굴로 집을 나섰다. 은지는 엄마가 싸 주는 김밥을 한껏 기대했었던 모양이었다.

은지는 그날 엄마에게 시위라도 하는 것처럼 싸 보낸 김밥을 하나도 먹지 않은 채 집으로 가져왔다.

"다른 애들은 엄마가 김밥 만들어 줬데. 난 사 먹는 김밥보다 엄마가 싸 주는 김밥이 더 맛있을 것 같은데."

"그래, 알았어. 엄마가 미안해. 다음 야외학습 갈 때는 엄마가 맛있게 김밥 만들어 줄게. 우리 은지 유부초밥도 좋아하잖아. 초밥도 많이 만들어 주면 되지. 꼭 약속할게."

겨우 은지를 달래었지만 그 약속 역시 지키지 못했던 시은이었다. 그런 엄마였던 자신이 시은은 부끄러웠다. 자신을 책망해 보지만 그럴수록 시은의 가슴은 짓무르기만 했다.

은지가 놀아 달라고 떼를 쓰면 시은은 귀찮아 밖에 나가서 놀다 오라며 밀어내곤 했다. 배고프다고 하면 피자를 시켜 주거나 라면을 끓여 주는 것이 전부였다.

따듯한 음식을 만들어 준 것이 몇 번이나 됐을까.

은지가 먹고 싶은 것이 있다면 다음에 꼭 해주겠다는 말로 대신하던 시은이었다.

말뿐인 엄마였다. 엄마라면 자식에게 그렇게 무책임할 수 없는 일이었다. 어쩌면 일이 바쁘다는 핑계로 돌아봐 주지 않는 남편에 대한 분풀이를 은지에게 대신한 것인지도 모른다.

"우리 은지……. 불쌍해서, 불쌍해서 어떡해."

시은은 넋을 잃고 있었다. 정말이지 자신은 못된 엄마임에 틀림없었다.

사실 시은은 은지가 아플 때면 모든 것을 은지 아빠에게 내맡기곤 했다. 어쩌면 은지는 모성보다도 부성에 더 익숙해 있었는지도 모른다. 아플 때면 곁에 늘 아빠가 있었기 때문에.

시은에게는 살가운 구석이 없었다. 겉으로 내보이기보다는 안으로 삭이는 성격이었다. 그런 시은의 사랑을 은지는 모르고 있었다.

시은은 은지와 친구처럼, 동생처럼, 격의 없이 지내는 것이 좋았던 것이다. 그리곤 아빠를 두고 쟁탈전을 벌이는 상대인 것이 시은은 좋았다. 시은은 은지의 얄미운 모습이 더 정겹게 느껴졌다. 그것은 은지를 사랑하는 시은만의 방식이었다.

그리운 은지, 한 번만이라도 딱 한 번만이라도 볼 수 있다면 얼마나 좋을까. 시은은 복받쳐 오르는 서러움을 감당할 수가 없었다. 이제 눈물이 메마를 때도 된 것 같은데 시은의 눈에서는 쉴 사이 없이 눈물이 흘러내리고 있었다. 영원히 메마를 것 같지 않은 슬픔.

은지에게 모성을 느끼게 해주지 못한 것이 시은은 안타까웠다. 그랬더라면 그렇게 까지 가슴이 아프지 않았을지도 모른다.

그 모든 것을, 은지와의 약속을 이제는 지킬 수 있을 것 같은데, 그런데 이미 늦어 버린 후였다.

하늘이 원망스러웠고 자신이 더없이 원망스러웠다. 이젠 지킬 수 없는 약속 때문에 한 맺힌 가슴은 더 큰 응어리를 만들고 있었다.

'엄마는 우리 은지를 사랑해. 이 세상 누구보다도 우리 은지를 사랑해. 아빠보다도 더 은지를 사랑해. 아…… 듣고 있니 은지야? 그렇지만 엄마는 아주 나쁜 엄마야. 엄마를 용서하지 마렴!'

모성은 절망하고 있었다. 절망은 곧 시은 스스로를 멍들게 만들고 있었다.

은지에 대한 그리움은 속절없이 시은을 뒤흔들고 있었다. 시은의 입에서 절망 섞인 설움이 흐느낌으로 변하여 한없이 쏟아져 나왔다.

쥐 죽은 듯이 조용한 작업실 안으로 시은의 속절없이 서글픈 울음소리가 떠돌아다니기 시작했다.

자식을 잃은 모정의 그리움은 급기야 처절한 통곡으로 변하여 메아리쳐 들려왔다. 그 절절한 사랑은, 이젠 보여줄 수 없는 모정의 사랑은 한도 끝도 없이 서글픔을 동반했다.

얼마 동안을 그렇게 울었는지 모른다. 시은의 눈은 빨갛게 충혈되어 퉁퉁 부어올랐다.

시은은 거울을 들여다보았다. 그 속에는 낯설고 초라한 여자가 서 있었다.

형편없이 일그러진 자신의 모습을 거울에서 발견한 시은은 그만 힘없이 그 자리에 주저앉고 말았다.

이제 시은에게는 미련의 굴레만 남아 있었다.

자괴감에 휩싸인 시은은 술을 마시기 시작했고 술에 의존하는 날이 많아졌다. 하지만 그것이 또 다른 불행의 시작이 될지도 모른다는 것을 시은은 미처 생각하지 못했다.

시은의 의식은 술이 지배했다.

복에 겨웠던 지난날들. 왜 그때는 행복하다고 생각하지 못했을까. 시은은 후회하고 있었다.

시은은 현빈의 여자로, 현빈의 여자인 채 살았던 지난날들이 하염없이 그립기만 할 뿐이었다.

술기운 때문이었을 것이다.

시은은 무작정 수화기를 들었다. 한 번만이라도 현빈의 목소리를 듣고 싶었다. 현빈이 그 얼마나 자신에게 소중했던 사람이라는 것을 일깨우고 싶었다.

전화를 걸었지만 막상 아무 말도 할 수가 없었다. 시은은 괜한 짓을 했다며 후회하고 있었다.

'미안해요. 나를 원망해요. 모두 내 잘못이라는 걸 알아요.'

말하고 싶었지만 시은은 아무 말도 하지 못한 채 수화기를 내려놓았다.

미련을 버리지 못하고 집착하는 못된 여자라고 자신을 꾸짖으면서도 시은의 그리움은 간절하기만 했다.

담담한 표정의 나는 컴퓨터 앞으로 다가가 앉았다. 그런데 왠지 답답하기만 할 뿐 작업을 할 수는 없었다. 조금 전에 걸려온 전화 때문이었다. 그 흐느낌이 아직도 귓가에서 떠나가지 않고 있었다.

한동안 생각에 잠겨 있던 나는 간편한 운동복 차림으로 갈아

입고 집을 나섰다.

오피스텔 2층의 헬스클럽으로 내려간 나는 가볍게 준비운동을 한 뒤에 조깅으로 몸을 풀었다. 그리곤 웨이트 트레이닝을 시작했다.

오랜만에 하는 운동이었기 때문에 무리하지 않기 위해 10분간 운동을 하고 10분간은 가볍게 걷는 것으로 근육을 풀었다. 그런데도 운동복은 비 오듯이 흘러내린 땀으로 흠뻑 젖어들었다.

운동을 마치고 휴게실에 앉아 있을 때 소리가 운동복 차림으로 나타났다.

"언제 왔어, 오빠?"

"한 시간쯤 됐어."

운동을 해서 그런지 몸이 한결 가벼웠고 답답했던 기분도 사라진 지 오래였다.

"오늘 한 게임 어때?"

"게임?"

"스쿼시 말이야."

"스쿼시? 소리 너 스쿼시는 언제 배운 거야? 라켓이나 잡을 줄 아는 거야?"

"오빤 날 뭐로 보는 거야. 배운지 얼마 되지는 않았지만 그래도 오빠쯤은 거뜬히 이길 수 있다고."

자신만만한 얼굴로 소리가 먼저 앞장섰다.

안내데스크의 사용 안내를 받아 지하의 스쿼시 클럽으로 내려갔다. 오후 8시가 조금 넘은 시간이었지만 클럽 안은 한가한 편이었다.

직육면체의 코트 안으로 먼저 들어간 소리가 라켓을 든 채로 준비운동을 하며 가볍게 몸을 풀었다.

"좋아."

나는 고개를 끄덕였다.

토스로 서브를 결정했고 소리가 먼저 서브권을 얻었다. 소리가 서브를 넣기 위해 서비스 박스 안에 서서 다시금 나를 쳐다보며 살며시 웃었다.

소리가 서브 자세를 취하며 앞 벽면의 최상단 라인(Front wall line)과 중간라인(Service cut line) 사이의 공간을 향해 푸른색 볼을 노바운드로 강하게 꽂아 넣었다. 볼은 뒤이어 리시브 코트라인 안쪽을 향해 튕겨져 나왔다.

서브된 볼을 리턴 시키면서 본격적으로 경기가 시작됐다.

꽤 오랜만에 잡아 보는 라켓이었다. 게다가 클럽에서 빌린 라켓이었기 때문에 손에 익지 않았다. 그래서 그런지 내 동작은 엉성하기만 했다. 반면 소리는 안정된 자세로 내 볼을 받아 내기 시작했다.

소리가 라켓으로 받아 낸 직경 4cm의 푸른색 볼은 다시금 앞 벽면을 맞고 바운드되며 내 앞으로 강하게 내리 꽂혔다. 하지만

169

나는 미처 손 써 볼 겨를 없이 볼을 놓치고 말았다.

라켓에 괜한 탓을 하며 나는 다시 자세를 취했다. 그렇지만 나 자신의 의지와는 달리 제대로 라켓을 휘둘러보지도 못한 채 1세트를 소리에게 넘겨주고 말았다.

2세트가 시작되어서야 나는 어느 정도 라켓에 익숙해질 수 있었다. 그리고 예전의 실력이 살아나기 시작했다. 그러나 소리도 만만하게 볼 상대는 아니었다.

"세트 원? 세트 투?"

8 : 8 동점이 되었을 때 내가 서비스를 넣기 전에 말했다.

동점인 상황에서는 서비스를 받는 사람에게 9포인트(세트 원)로 할 것인지 10포인트(세트 투)로 할 것인지 물어봐야 한다는 것을 나는 잊지 않았다.

"세트 투."

소리가 말했고 뒤이어 나의 서비스가 이어졌다.

다행스럽게도 2포인트를 연속으로 득점하며 내가 2세트를 따내었다.

3세트가 시작되었지만 나는 벌써 녹초가 되어 있었다. 그러나 소리는 정 반대로 갈수록 힘이 살아나는 것 같았다. 소리는 전혀 틈을 주지 않으려는 듯 지친 기색 없이 날카로운 서브를 넣었다.

그동안 운동을 하지 않은 탓이었을까, 내 동작은 점점 무기력해졌다. 그래도 스쿼시라면 어느 정도 자신이 있었다. 하지만 나는 소리를 당해 낼 재간이 없었다.

나는 그만 매치 볼(Match Ball)을 받지 못하고 그 자리에 주저앉고 말았다. 2 : 9의 형편없는 게임 스코어였다.

"오빠, 운동 좀 해야겠다."

숨을 몰아쉬고 있는 내게 다가온 소리가 손을 내밀어 일으켜 주었다.

"스쿼시는 언제부터 배운 거야?"

"6개월쯤."

소리는 아직도 가뿐해 보였다.

"다시 봐야겠어."

"……."

내 말에 소리가 어깨를 들썩였다.

"운동을 했더니 출출한데."

"그럼 샤워하고 내려와. 그렇지 않아도 해물전이나 해 먹으려고 했는데."

엘리베이터에 오르며 소리가 말했다.

"지금 이 시간에?"

"싫으면 관두고. 집들이 대신에 오빠가 좋아하는 해물파전으로 입막음하려고 했는데. 싫다면 뭐 어쩔 수 없고. 어떻게 할 거야?"

171

"알았어. 샤워하고 곧 내려갈게."

엘리베이터는 잠시 8층에서 소리를 내려 준 후 9층에서 다시 멈추었다.

오랜만에 운동을 해서 그런지 피곤하기는 했지만 그래도 샤워를 하고 나면 좀 개운해질 것 같았다.

나는 엘리베이터에서 내려 내 오피스텔을 향해 걷기 시작했다. 그러나 나의 발걸음은 얼마 가지 않아 갈 길을 잃은 채 그 자리에 멈추고 말았다.

내 오피스텔 앞에 낯익은 모습의 한 여자가 서 있었기 때문이었다.

고개를 숙인 채 서 있었지만 그 여자가 시은이라는 것을 알아보는 데는 그다지 많은 시간이 필요치 않았다.

시은은 벽에 기댄 채 서 있었다. 어찌 된 일인지 시은의 모습에서 생기란 전혀 찾아볼 수 없었다. 시은은 금방이라도 그 자리에 주저앉을 것처럼 위태롭게 서 있었다.

나는 시은의 앞으로 걸어갔다.

시은은 그곳에 오래도록 서 있었던 모양이었다. 아마도 초인종을 눌렀을 것이다. 그리고 안에서 아무런 인기척도 느껴지지 않자 내가 나타나기를 기다리며 막연하게 서 있었을 것이었다.

시은의 앞으로 다가가 멈추었을 때 시은이 꿈틀거렸다. 하지만 여전히 고개를 숙인 채였다.

"언제 왔어?"

"……."

"무슨 일이야?"

그때였다. 그 순간 몸을 지탱하지 못한 채 시은이 쓰러졌다. 나는 그런 시은을 부축했다. 시은에게서 술 냄새가 확 풍겨왔다.

"괜찮아? 괜찮은 거야?"

당황한 나는 시은을 흔들었다.

"……."

그러자 시은은 가까스로 중심을 잡으며 고개를 끄덕였다. 시은은 여전히 불안해 보였다.

"술을 얼마나 마신 거야?"

나는 시은의 얼굴을 안타까운 눈길로 쳐다보았다.

생기라고는 전혀 없는 시은의 눈에서 알 수 없이 눈물이 흘러내렸다.

나는 시은을 그대로 돌려보낼 수 없었다. 나는 할 수 없이 시은을 부축하여 오피스텔로 데리고 들어갔다.

온기 없이 앙상한 모습의 시은을 소파에 앉혔다.

무슨 말인가를 해야 했지만 시은은 차마 입을 열지 못했다. 시은은 고개를 숙이고 앉아 추한 자신을 감추려고만 했다.

'오지 말았어야 했어. 하지만 오지 않고는 견딜 수 없을 것만 같았어. 술 때문이라고 하기에는 핑계가 너무 형편없겠지.'

시은은 자신을 탓했다.

나는 녹차를 끓여 시은의 앞에 놓아주었다.

"도대체 술을 무엇 때문에 그렇게 많이 마신 거니?"

'그냥 쉬고 싶었어. 당신 곁에서 아무 생각 없이. 아무런 욕심 없이 말이야. 그것이 너무도 큰 욕심인 것을 알면서도……'

나는 시은의 앞으로 다가가 앉으며 시은의 얼굴을 들여다보았다. 곱던 시은의 얼굴은 찾아볼 수 없었다. 내 가슴이 안쓰럽게 흔들렸다.

"기주랑 싸운 거니?"

'아니, 그런 게 아니야. 그래, 당신은 그렇게 오해해도 난 그 어떤 변명도 할 수가 없어.'

내 눈과 마주치자 시은은 그만 속절없이 고개를 숙이고 말았다.

"술 너무 많이 마시지 마."

나는 안타까웠다. 그러나 시은에게 마땅히 해주고 싶은 말이 떠오르지 않았다.

시간이 흐르고 있었지만 시은과의 사이에는 많은 대화가 오가지 않았다. 서먹함만 존재하고 있을 뿐이었다.

그 사이를 갈라놓을 듯이 초인종이 울렸다.

"뭐하고 있던 거야?"

소리가 아직도 운동복 차림인 나를 나무랐다.

"……"

"아직 샤워도 안 한 거야? 올라온 지가 벌써 언젠데."

대답할 겨를 없이 나를 밀고 소리가 안으로 들어왔다.

"그게……."

"빨리……."

소리가 그제야 시은을 발견했다. 소리의 시선은 나를 건너다보다가 이내 다시금 시은에게로 돌아와 멈추었다.

"언니 왔어."

뜻밖이었다. 소리는 시은이가 와 있을 거라고는 생각지도 못한 모양이었다.

"나 그만 가 볼게."

그 말을 남긴 채 어색함을 뒤로하고 소리가 돌아갔다.

"소리도 이 오피스텔로 이사 왔어."

시은에게 그 말을 해야 할 이유는 없었다. 하지만 굳이 오해받아야 할 이유가 없다고 생각했다.

"그랬구나."

"이제 좀 괜찮아졌어?"

걱정스러운 표정으로 시은을 바라보았다.

"네."

"술 조금씩만 마셔. 그러다가 큰일 나겠다."

해줄 수 있는 말은 그 말뿐이었다. 그 말은 진심에서 우러나온 말이기도 했다.

175

"고마워요. 나 이제 그만 갈게요."

일어서려 했지만 시은은 다시금 힘없이 소파 위로 무너져 내리고 말았다.

"바래다줄게."

나는 옷을 갈아입기 위해 욕실로 들어갔다.

시은을 부축하며 나는 오피스텔을 나섰다.

엘리베이터를 타고 내려오는 내내, 지하 주차장으로 가는 내내, 나는 시은에게서 시선을 접어들일 수 없었다.

'이렇게나마 당신을 느낄 수 있어서 다행이야.'

시은은 더 큰 욕심을 내어 보지만 이내 포기하고 만다.

시은을 조수석에 앉히고서 안전벨트를 매 주었다.

시은은 눈을 감았다. 그리고 힘겹게 지난날을 서성이기 시작했다. 그 속에서 미련을 가져 보지만 소용없는 일이었다. 그 행복했던 시절을 다시 잡기에 시은은 너무도 멀리 달려와 있었다.

어느새 차는 시은의 작업실이 있는 건물 앞에 주차되었다.

말없이 시은의 연약한 어깨를 흔들자 시은은 신음소리를 내며 가까스로 잠에서 깨어났다.

"들어갈 수 있겠어?"

"……."

시은이 고개를 끄덕였다. 그러나 아직도 불안해 보였기 때문에 할 수 없이 차에서 내려 시은을 부축했다.

시은의 핸드백에서 열쇠를 찾아 작업실 문을 열었다. 나는 좁은 군용 간이침대에 시은을 눕혔다.

"가지 말아요."

시은이 손을 잡았다.

"······."

하지만 나는 돌아서고 말았다.

시은이 울기 시작했다. 시은의 흐느낌이 안간힘을 쓰듯 나의 발길을 잡으려 했지만 소용이 없었다. 야속하게도 나는 작업실 문을 닫고 나왔다.

"어디 가니?"

소리를 불렀다.

"잠이 오지 않아서 편의점에 술 사러 가는 중이었어."

소리의 말에 나는 술이 담겨 있는 봉투를 들어 올렸다.

"오빠 하고 텔레파시가 통했나 보네."

엘리베이터에 올랐다. 그리고 9층 버튼을 눌렀다. 그러자 소리가 8층 버튼을 누르며 말했다.

"우리 집에서 마셔. 아까 해물전 해 놓는다고 했잖아."

소리가 앞장서서 걸어갔다. 그리곤 문을 열어 안으로 들어오도록 했다.

소리는 식은 해물파전을 한쪽으로 밀어 놓고 새로 부치기 시작했다. 해물파전을 부치는 소리의 얼굴은 한결 밝아졌다.

"맛이 어때?"

"맛있어."

"그게 다야?"

"많이!"

고개를 끄덕이자 소리의 얼굴에 일순간 흐뭇함이 깃들었다. 소리가 잔에 술을 따라 주었다.

술을 따르고 술잔은 몇 잔인가 거듭 돌았다.

"어디론가 멀리 떠나고 싶다는 생각을 했어. 아무도 모르는 곳으로……. 하지만 왜 나는 떠날 생각을 하면서도 떠나지 못하는 걸까?"

나는 뜬금없이 어두워졌다.

"같이 떠날까?"

"……."

"떠나지 마."

"그래. 나 역시 자신이 없어."

"내가 아는 오빠는 떠나면 영영 돌아오지 않을 사람 같아. 난 그게 두려워. 오빠를 잃을 것 같아서. 혼자서는 보낼 수 없고, 오빠가 떠난다면 나도 오빠를 따라 가야 마음이 놓일 것 같아."

"내가 어린애니."

"그래, 오빠는 꼭 어린애 같아."

16

선예

은지엄마의 아픔을 감히 짐작해 봅니다. 하지만 짐작하려 하면 할수록 목이 메어 눈물을 쏟곤 합니다. 힘내세요. 비가 내립니다. 서글픔으로 내립니다. 비 내리는 오후는 늘 그리움으로 짙게 물드는 것 같습니다. 비가 싫으면서도 자꾸만 기다려지는 건 그리움 때문이 아닌가 합니다. 누군가를 향한 간절한 그리움.

포스팅의 댓글로 남아 있는 팔로워들의 흔적들을 읽을 때마다 시은은 용기를 내곤 했다. 그중에서도 선예라는 팔로워는 하루도 빠짐없이 찾아와 시은의 친구가 되어 주곤 했지만 굳게 닫아 버린 마음의 문은 좀처럼 쉽게 열리지 않았다.

힘들 때마다 찾아오는 고마운 친구. 얼굴을 보지 못했지만, 목소리 또한 듣지 못했지만 포근하고 아늑한 글귀가 가슴에 닿아 부담스럽지 않은 상대였다.

은지엄마

오늘은 취하고 싶어요. 그런데 취하면 초라해 보일 것 같아서 혼자서는 술을 마실 수가 없을 것 같아요. 왜 이렇게 가슴이 답답한지 모르겠어요. 가슴이 먹먹해지네요.

취한다는 것, 어쩌면 시은에게는 배부른 투정일지도 모른다. 하지만 취하지 않고서는 단 하루도 버텨 낼 수 없을 것 같았다. 그처럼 시은에게는 세상의 모든 것들이 무의미해져 있었다. 그렇게 스스로 시들어 가며 그 어떤 것도 할 수 없는 나약한 모습으로 변해 가고 있었다.

선예

우리 만날까요?

왠지 은지 엄마는 내가 오래전부터 알아 왔던 익숙한 사람 같아요. 처음부터 그랬어요. 낯설지 않은 그런. 너무 슬퍼하지 말아요. 슬플 때는 수다를 떠는 것도 좋을 것 같은데. 어때요? 우리 함께 취해 볼래요?

댓글로 올려진 선예의 흔적을 시은은 벌써 한 시간째 멍하니 바라보고 있었다.

SNS를 개설하면서 누군가와 가까워지리라곤 생각해 본 적이 없었다. 단지 은지에 대한 그리움을 쓰고 싶었을 뿐이었고, 그 그리움을 털어놓지 않고서는 견딜 수가 없을 것만 같았다.

누군가가 그 그리움을 읽으리라고는 생각해 본 적이 없었다. 그리고 시은은 자신의 SNS에 올린 포스팅의 댓글에 답글을 달지 않는 편이었다.

더 이상의 인연을 시은은 만들고 싶지 않았다. 어쩌면 시은은 세상의 모든 미련을 지우려 하는 지도 모른다. 그런 시은에게 선예는 너무도 자연스럽게 다가왔다.

시은은 쉽게 답할 수가 없었다. 이제는 인연의 끈을 만드는 것조차 부담스럽고 두려웠기 때문이었다.

일상의 모든 일들이 귀찮게 여겨지더라도 SNS만큼은 소홀할 수 없었다. 은지를 만나고, 은지와 대화하고, 또 은지와 함께 시간을 보낼 수 있는 곳이 바로 SNS였다. 그곳에서 처음으로 다가온 사람이 바로 선예였지만 시은은 선뜻 나설 수 없었다.

시은은 선예의 SNS에서 읽었던 글귀가 문득 떠올랐다.

새벽녘

비 오는 소리에 귀 기울이며 당신을 생각합니다.

그리움으로…….

창문을 열고 쏟아져 내리는 빗줄기를 멍하니 바라봅니다.

이제는 그 흔했던 눈물마저도 메말라 버린 듯 우두커니 앉아

빗소리를 듣습니다.
반가움에 달려가고도 싶지만 이제는 가까이할 수 없는
당신이기에
서러움만 가득합니다.
당신은 너무도 먼 곳에 계십니다.
간혹 꿈속에서나 만날 수 있는 당신이기에 이 비가
더더욱 서럽게 느껴집니다.
비가 옵니다.
무뎌진 그리움을 탓하듯 서글프게 비가 내립니다.
만남은 존재할 수 없고 그리움만 가득할 뿐입니다.
그리운 당신.
지금 내 가슴에는 폭풍우가 몰아칩니다.
간절한 그리움으로……

 댓글을 남기고 싶었지만 시은은 차마 댓글을 남기지 못한 채 몇 번이고 그 글을 읽고 또 읽다가 되돌아 온 적이 있었다.
 누군가를 그리워한다는 것, 가슴 아픔의 공감 때문이었을까. 그 글을 읽으면서 시은은 서러움의 눈물을 흘렸다. 마치 자신의 가슴을 훤히 꿰뚫어 보는 듯한, 마치 오래전부터 자신을 알아 온 듯한 친근함이 느껴졌다.
 그 이후로 시은은 선예의 SNS에 머무르는 시간이 많아졌다.

하지만 그 이후로도 선예의 글에 댓글을 남긴 적은 없었다. 반면 선예는 늘 시은을 먼저 배려하듯 다가와 걱정하며 다정하게 감싸주곤 했다.

은지엄마

고마워요. 하지만 왠지 두려워요. 누군가를 만난다는 것이… 그리고 누군가와 친해진다는 것도.

선예

부담스러워하지 말아요. 연락처 남길게요. 언제든 은지 엄마가 편하실 때 그때 만나요. 언제든 좋아요. 물론 오늘도 좋고요.

음식점을 하고 있다는 선예. 음식점의 위치와 연락처를 선예가 남겼다. 그리고 언제든 환영한다는 말도 덧붙여져 있었다.

음식점을 한다니 의외였다. 일상적인 선예의 글에서는 전혀 그런 언급이나 내색이 없었고 또 글을 보면 대개 감수성이 예민한 글들이 대부분이었기 때문이었다.

한편으로는 억척스러운 여자일 거라는 생각이 들었다. 도대체 어떤 여자일까. 시은은 전혀 짐작할 수 없는 선예의 생김새를 머릿속으로 그리기 시작했다.

선예는 프로필에 그 흔한 자신의 프로필 사진을 올리지 않았

183

다. 대신 자신이 그린 그림을 올려놓고 있었다. 포스팅에도 자신이 그린 그림과 함께 글을 올리거나 캘리그라피를 올리곤 했다. 재주가 다분한 선예였기에 시은은 선예를 쉽게 그려낼 수가 없었다.

선예의 SNS로 발걸음을 옮긴 시은은 예전에 올렸던 글들을 천천히 읽어 내려갔다. 읽으면 읽을수록 공감 가는 글들이 많았다.

글을 읽는 내내 문득문득 익숙한 향기가 풍겨왔다. 분명 어디선가 맡았던 향기인 것도 같은데, 시은은 점점 선예의 향기 속으로 이끌려 들어가기 시작했다.

소박하면서도 느낌이 있어서 더더욱 포근한 자리, 시은이 꿈꾸어 오던 그런 삶이 선예의 SNS에서 녹녹하게 묻어 나오고 있었다.

그런 선예에 대한 궁금함을 시은은 떨쳐 버릴 수 없었다. 한번쯤 만나보고 싶은 여자였다. 그 한 번쯤에 시은은 큰 의미를 둘 필요가 없다고 생각했다.

늘 찾아와 위로의 말을 남겨 주는 선예에게 고맙다는 말을 하고 싶을 뿐이었다. 굳이 고맙다는 말을 하지 않더라도, 멀리 서라도 선예란 여자를 확인하고 싶었다. 그렇게 스쳐 지나가면 그뿐일 터였다.

하루 종일 꾸물거리던 날씨는 밤이 되면서 추적추적 빗방울을 흩뿌리기 시작했다.

시은은 차마 어둠을 밝힐 수가 없었다. 숨 막힐 듯 조여 오는 어둠이 싫었고 그 어둠 속에 우두커니 앉아 있는 자신이 싫었다. 그리고 너무도 초라하고 보잘 것 없는 자신의 모습을 마주할 자신이 없었다.

저절로 입에서 긴 한숨이 쏟아져 나왔다. 속절없이 쏟아져 나온 한숨은 어둠 속으로 자지러들었다.

하루 종일 망설이기만 하던 시은은 외로움에 떠밀려 겨우 자리에서 일어났다. 하지만 그 움직임은 의미 없는 움직임에 지나지 않았다.

열어 놓은 창문으로 바람과 함께 빗방울이 밀려들어오고 있었다. 시은은 창문 앞으로 다가가 창밖을 멍하니 바라보았다. 퀭한 시은의 눈이 빗방울에 조금씩 흔들리기 시작했다.

비가 끝내 시은의 상처 난 가슴을 맨손으로 후벼 파기 시작했다. 시은은 서둘러 작업실을 나섰다.

무작정 걷고 싶다는 생각밖에 없었다.

변함없이 시은은 빗속을 걸으며 그리움을 삼키고 있었다. 그 그리움은 이생의 삶을 다하는 날까지 계속될 거였다.

얼마를 걸었는지 모른다. 시은의 발걸음은 어느새 예전에 살던 집으로 향해져 있었다. 잠시 발걸음을 멈춘 시은의 뒷모습이 가늘게 흔들렸다. 차마 더는 갈 수가 없었다.

시은은 무작정 택시를 잡아 세우고 올라탔다.

"어디로 모실까요?"

택시기사가 물었지만 시은은 대답하지 않았다. 목적지가 있었던 것은 아니었다. 단지 어디든 가고 싶었다. 발길 닿는 곳으로 어디든 달려가고 싶을 뿐이었다.

택시가 서서히 출발하기 시작했다. 그리고 얼마가 더 지난 뒤에 시은이 말문을 열었다.

"신촌 쪽으로 가주세요."

문득, 언제든 환영한다는 선예의 말이 떠올랐기 때문이었다.

시은은 누군가와의 대화가 절실하게 필요했다. 어쩌면 선예라면 부담 없이 이런저런 이야기를 주고받을 수 있을지도 모른다고 시은은 생각했다. 그러면서도 한편으로는 신촌에 가까워질수록 되돌아갈까 하는 생각으로 망설이고 있었다.

요즘 들어 시은은 말수가 부쩍 줄어들었다. 그도 그럴 것이 작업실로 찾아오는 사람도, 그렇다고 전화를 걸어오는 이도 없기 때문이었다. 게다가 외출도 자주 하지 않는 시은으로서는 대화할 상대가 없는 것은 당연한 일이었다.

어쩔 때는 하루 종일 한마디도 하지 않는 날도 있었다. 그만큼 시은에게는 외로움과 그리움만 가득했다.

시은이 신촌에 도착해 택시에서 내리자마자 기다렸다는 듯이 빗줄기가 굵어지기 시작했다.

선예가 말한 대로 시은은 화로구이전문점을 쉽게 찾을 수 있었다. 음식점 앞에서 시은이 잠시 머뭇거리는 사이 빗줄기는 폭우로 변하기 시작했다. 시은은 결국 음식점 안으로 들어갈 수밖에 없었다.

밖에서 볼 때는 허름하기 짝이 없었지만 막상 안으로 들어와 보니 실내는 생각보다 꽤 넓었고 나름대로의 운치가 있었으며 인테리어 또한 군더더기 없이 깔끔하고 산뜻했다.

손님들로 북적거렸지만 시은은 빈 구석자리로 다가가 앉았다. 선예가 누구인지 궁금했지만 서두를 필요는 없었다.

"소주하고 갈빗살 주세요."

주문을 하며 주위를 둘러보았지만 시은은 도통 선예가 누구인지 짐작할 수 없었다.

화로구이집을 하고 있다고 했으니 사장이라는 것은 불을 보듯 뻔한 일이지만 그 어디에도 사장으로 보이는 사람은 찾아볼 수 없었다. 그렇다고 종업원에게 사장이 누구냐고 묻기에도 께끄름했다.

괜히 왔다는 생각과 함께 식탁으로 화로가 올려졌다. 뒤를 이어 주문한 갈빗살이 나왔다.

"비가 와서 그런가요. 갑자기 부침개가 생각나서 한 번 해 봤어요."

종업원으로 보이는 여자가 말했다.

187

그때까지 따라 놓은 술잔을 주시하고 있던 시은의 귀가 눈을 뜨듯 활짝 열렸다. 다름 아닌 여자의 목소리 때문이었다. 분명 어디에선가 들어보았던 낯익은 목소리였다.

"그럼 맛있게 드세요."

"저기요."

뒤돌아서려는 종업원을 잡아 세우며 시은이 고개를 들었다.

"네?"

"아……, 아니에요."

더 이상의 인연은 필요치 않았다. 그저 종업원이든 사장이든 어떤 누구든 간에 이곳에 선예가 있다고 짐작하면 그만이었다.

바삐 살아가는 사람들의 모습을 보는 것만으로도 좋았다. 그들 사이에 있는 것만으로도 좋았다. 그것이면 된다고 시은은 생각했다. 더는 아무것도 바랄 것이 없었다.

"그러다가 취하겠어."

걱정스러운 눈으로 소리를 바라보았다.

"취하면 어때 오빠가 있는데."

"안주라도 먹어."

"오빠 마음 약한 사람이야. 그러면서 겉으로는 강해 보이려고 하지."

"……."

소리를 향해 살며시 웃어 주었다.

"어쩌면 좋지? 아무것도 할 수 없는 내가 한없이 미워지는 건 어쩌면 당연한 일이겠지. 하지만 그대로 사랑하는 사람이 힘겨 워하고 있는 모습을 지켜보고 있을 수만은 없어. 그래서 무엇이 든 해 봐야 할 것 같은데, 그런데 뜻대로 되지 않아서 난 늘 슬 픈가 봐. 남들은 사랑도 쉽게 한다고 하던데."

"……."

뜬금없는 소리에 나는 소리를 바라볼 뿐이었다.

"남들은 사랑도 쉽게 한다고 하던데. ……그런데 왜 난 어려 운 사랑을, 돌아봐 주지 않는 사랑을 하며 바보처럼 흔들리고만 있는 걸까. 몰라. 아직도 기다려야 하나 봐. 어쩌면 기다림에 지 쳐 오래전에 떠났어야 했을지도 모르지. 그런데 난 그 사람 곁 을 떠날 수가 없어. 정작 난 사랑을 모르나 봐. 사랑하면서도 그 것이 사랑이라고 단정 짓기에는 턱없이 모자라거든. 나도 이런 나를 이해할 수 없을 때가 많아."

"……."

"내가 아는 어떤 사람은 바본가 봐. 볼 수도 없고, 들을 수도 없는……."

"……."

"사랑을 고백한다면 그 남자는 사랑을 받아 줄 수 있을까?"

소리가 고개를 떨구었다.

"사랑, 글쎄……. 사랑이 무언지 막상 해답을 찾으려니까 힘드네. 살아오면서 사랑에 너무 무뎌져 버린 탓일까?"

"어쩌면 좋지?"

"……."

"너무 무심해."

소리의 목소리는 점점 가늘어졌다.

얼마간의 시간이 흘렀고 술도 거의 바닥을 드러내고 있었다.

"오빠는 나빠."

소리는 취해서 몸을 제대로 가누지 못했고 목소리 또한 취기가 가득했다.

"그만 올라가자."

소리를 일으켜 세웠다.

"싫어. 난 더 마실 거야."

"너무 취했어. 이제 그만 마시자."

싫다는 소리를 부축하며 나는 카페를 나섰다.

엘리베이터에서였다.

"사랑의 열병을 앓고 있나 봐. 그 지긋지긋한 기다림의 열병 말이야."

소리는 중심을 잡지 못한 채 내가 있는 쪽으로 쓰러지고 말았다.

"바보 같은 사랑!"

190

"그래."

단 한 번도 소리의 그런 모습을 본 적이 없었기에 나는 당혹스러움을 감출 수 없었다.

"혼자 들어갈 수 있겠어?"

소리의 오피스텔 앞에서 말했다.

"……."

소리가 고개를 끄덕이며 열쇠를 찾아 문을 열었다. 나는 소리를 불안한 표정으로 지켜보고 있었다.

"우리 집에서 한 잔 더 하자 오빠?"

소리가 손을 잡아끌었다.

"많이 취했어. 다음에."

"오빠!"

그때 소리가 다시금 내 가슴으로 파고 들어왔다.

나는 그런 소리를 매정하게 떼어 낼 수 없어서 소리의 측은한 어깨를 조심스럽게 토닥여 주었다.

한동안 우린 그렇게 서 있었다.

"지켜 줄 거야."

"……."

"변함없이 오빠의 옆에 있을게."

"알았으니까 그만 쉬어."

"나, 취했지?"

"그래."

"바보! 그래도 난 오빠가 좋다! 그렇다고 오해는 하지 마."

몸을 제대로 가누지 못한 채 횡설수설하던 소리가 나를 물끄러미 바라보았다. 나는 차마 소리의 눈을 외면할 수 없었다.

금방이라도 울 것 같은 촉촉한 눈으로 소리가 점점 내게로 다가왔다. 그러다가 어느 순간 180도 변한 얼굴로 나를 향해 짓궂게 웃어 주었다.

"들어가, 오빠! 아쉬운 걸……. 오늘 오빠 유혹해서 잡아먹으려고 했는데. 안 되겠다."

그 말을 남긴 채 소리는 자신의 오피스텔로 들어갔다.

나는 닫힌 문을 한동안 바라보았다.

"그래, 아파하지 마 소리야. 아픈 건 내가 아니라 바로 너구나!"

문틈으로 희미하게 쏟아져 나오는 흐느낌에 나의 발걸음은 무겁기만 했다.

오피스텔로 돌아온 나는 커피를 끓여 창밖을 마주하고 앉았다.

17.

놀이터 벤치에 앉아 있던 시은은 무엇엔가 홀린 사람처럼 자리에서 일어나 걷기 시작했다. 은지의 흔적을 따라 모든 익숙했던 것들을 확인하고 싶었고, 느끼고 싶었다.

넋을 잃고 걷던 시은이 멈추어 선 곳은 은지가 사고를 당한 횡단보도 앞이었다. 망연자실 다시금 가슴이 무너져 내렸다. 흔들림에 주체할 수 없었던 시은은 금방이라도 실낱같은 바람에 쓰러질 것 같았다.

그러던 시은의 앞에 은지가 나타났다. 믿을 수가 없었다. 몇 번이고 확인했지만 은지가 분명했다. 은지는 시은을 향해 환하게 웃었고 곧 횡단보도를 건너오기 시작했다.

"은지야. 안 돼!"

저편에서 트럭이 빠른 속도로 달려오는 것을 본 시은은 망설임 없이 도로로 뛰어들었다. 그리곤 몸을 날려 은지를 도로 밖으로 밀어냈다.

끼이익…….

급브레이크와 함께 도로 위에 타이어의 스키드 마크가 찍혔고 동시에 쿵하는 소리와 함께 시은의 몸이 힘없이 하늘로 날아

올랐다. 어쩌면 자신이 날고 있는 것인지도 모른다고 시은은 생각했다.

"아앙······."

놀란 아이가 울기 시작했다. 하지만 다친 곳은 없는 것 같았다.

다행이었다. 그러나 다시 보니 은지가 아니었다. 은지 또래의 여자아이였다. 안심도 잠시 시은은 자신에게 벌어진 일을 대처할 여력이 없었다.

나는 안절부절못한 채 응급센터 앞에 서 있었다.

앰뷸런스가 앞으로 다가와 설 때마다 조급하게 달려가 응급환자의 얼굴을 확인했다. 그럴 때마다 내 얼굴은 핏기 없이 하얗게 경직되었다.

벌써 몇 대의 앰뷸런스가 응급환자를 이송해 왔는지 모른다. 그럴 때마다 번번이 불안함을 떨쳐 버릴 수가 없었다. 초조함과 불안함 때문에 나는 단 한순간도 마음을 놓을 수가 없었다.

응급센터 안으로 들어가 혹시나 하는 마음에 간호사에게 시은이 도착했는지 확인했다. 그렇게 확인하는 것만 벌써 두 번째였다.

다시 응급센터 앞에서 조바심 가득한 얼굴로 앰뷸런스를 기다리기 시작했다. 나는 이내 안타까움으로 간절해지고 있었다.

"제발……."

더는 그 어떤 말도 떠오르지 않았다. 가슴은 시커멓게 타 들어가고 있었다. 한없이 긴 한숨이 입에서 쉴 사이 없이 쏟아져 나왔다. 저편에서 앰뷸런스가 위급함을 알리듯 긴박한 사이렌 소리를 내뿜으며 빠른 속도로 달려오고 있었다.

앰뷸런스의 문이 열리기도 전에 앰뷸런스로 달려가 문이 열리기를 기다렸다. 뒤이어 앰뷸런스의 문이 열리자 나는 깊은 절망감에 휩싸여 파르르 떨었다.

"아! 이럴 수가……."

눈에서 일순간 눈물이 쏟아져 내렸다. 왜 그리 서러운 것인지. 하마터면 그 자리에 주저앉을 뻔했지만 가까스로 중심을 잡고 응급 침대에 힘겹게 매달렸다.

"시은아!"

시은의 의식을 일깨우려 손을 잡았지만 차갑기만 했다.

"내 목소리 들려, 시은아? 시은아?"

당직의사가 시은의 의식을 확인하려는 듯 흐려진 동공을 향해 불빛을 비췄다. 시은의 몸에는 곧이어 환자 감시장치가 간당간당 매달렸다.

의사와 간호사가 시은의 주위를 빙 둘러싼 채 서 있었다.

"선생님, 아……아무 일 없겠죠?"

뷰어 박스 앞에 서서 컴퓨터 단층촬영 필름을 확인하고 있는

195

의사 앞으로 다가섰다. 의사의 얼굴은 심각해 보였다.

"CT 다시 촬영하고 수술 준비해 주세요."

"선생님?"

"한 번 해봅시다. 하지만 장담은 할 수 없어요."

"아!"

입에서 짤막한 신음이 쏟아져 나왔다. 하늘이 무너져 내리는 것만 같았다.

"최선을 다해 보겠습니다."

"선생님, 부탁합니다. 우리 집사람 꼭 좀 살려 주세요."

나는 잠시도 마음을 놓을 수가 없었다.

절망의 벼랑에 매달린 내가 할 수 있는 일이란 지푸라기라도 잡는 심정으로 간절하게 기도를 하는 것뿐이었다.

한 생명이 누워 있었다.

너무도 여리고, 너무나도 가여운 여자. 지칠 대로 지쳐 더는 일어설 수 없을 것만 같은 가련한 여자.

조금의 미동도 없이 억지 고집을 부리며 오직 가슴 벅찬 꿈만 꾸고 있었다.

영원히 꿈을 꾸게 될지도, 영원히 꿈을 꾸고 싶은 지도, 영원히 꿈을 사랑하게 될지도 모른다.

애처로웠다. 너무도 가여워서, 너무도 안타까워서 더는 바라볼 수 없을 것 같았다. 한 가닥 희망도 없이 누워 있는 시은을 보며 한없이 흔들리던 나는 그만 아픔을 울컥 쏟아 내었다.

"시은아!"

목이 메어 더는 그 어떤 말도 할 수 없었다.

누구를 원망한단 말인가.

용서했다면 이런 일들은 벌어지지 않았을 것이다. 용서를 했다고 말하면서도 정작 가슴을 열어 포용하지 못한 내 자신이 원망스러웠다.

왜 시은을 감싸려 하지 못했던 것일까.

나는 애처로운 눈길로 시은을 내려다보았다.

보내지 말았어야 했고, 가지 말라고 잡았어야 했고, 돌아와 달라고 말했어야 했는데.

"왜 이렇게 바보 같이 누워 있는 거니."

대답 없는 시은의 손을 잡자 온기가 느껴졌다. 나는 손을 놓을 수가 없었다. 시은이 깨어날 때까지 그렇게 잡고 있을 생각이었다. 그러나 면회 시간이 정해져 있었기 때문에 손을 놓을 수밖에 없었다.

시은은 며칠째 중환자실에서 힘겨운 사투를 벌이고 있었다. 나는 중환자 보호자 대기실에서 애가 타는 심정으로 시은이 빨리 깨어나기만을 간절하게 기도했다. 그러나 시은은 좀처럼 깨어날 생각을 하지 않았고 몇 번의 고비를 힘겹게 이겨내고 있었다. 언제 위급한 상황이 벌어질지 모르는 상황이었다.

너무도 긴 시간이었다. 시간이 정지해 버린 것만 같았다. 하루에도 수십 번씩 불길한 생각에서 헤어 나올 수가 없었다. 하지만 희망을 버리지는 않았다. 그 희망마저도 버리고 만다면 시은은 영영 깨어나지 못할 것이기에. 더는 은지처럼 보내고 싶지 않기에.

"이제 고비는 넘긴 것 같습니다. 하지만 좀 더 지켜봐야 할 것 같습니다."

의사의 말에 실낱같은 희망을 움켜잡았다. 나는 그 희망을 놓지 않을 생각이었다. 아니, 놓을 수가 없었다.

"시은아!"

불러도 대답 없는 시은을 마냥 바라보고 있었다.

"아프지 않았으면 좋겠어. 우리 은지도 엄마가 아픈 것은 원치 않을 테니까. 그리고 나 역시 당신이 아픈 걸 더는 보고 있을 수가 없어. 그러니까 어서 깨어나서 예전처럼……."

더는 그 어떤 말도 할 수가 없었다. 30여분의 면회시간은 짧기만 했다. 다음 면회시간을 기약하며 나는 잡고 있던 시은의 손을 놓을 수밖에 없었다.

며칠째 집에 들어가지 못한 내 모습은 초췌해 보였다. 면회실에서 나온 나는 곧 오피스텔로 향했다.

오피스텔로 돌아와 샤워를 하고 옷을 갈아입은 나는 잠시도 불안한 마음을 떨쳐 버릴 수가 없었다. 내가 없는 사이에 혹시 시은에게 무슨 일이 생기지는 않을까 하는 불안감이 나를 재촉하도록 만들었다.

오피스텔을 나서려던 나는 현관 앞 신발장 위에 놓여 있던 등기우편을 뒤늦게 발견했다. 그것은 다름 아닌 시은에게서 온 편지였다.

그날, 등기우편을 받아 들고 막 뜯어보려던 참이었다. 그때 전화벨이 울렸고 시은의 사고 소식을 듣자마자 경황없이 응급센터로 달려갔었다.

겉봉투에 쓰인 조금은 낯선 시은의 글씨를 한동안 바라보았다. 그러다가 서둘러 봉투를 뜯었다.

봉투에서 나온 것은 법원에서 발행한 이혼의사 확인서 등본과 이혼 신고서였다.

『위 당사자 사이에는 진의에 따라 서로 합의되었음이 틀림없음을 확인함.』

그것을 보는 순간 가슴이 다시금 울렁거렸다.

『확인 일시 20** 년 ** 월 ** 일
이혼의사 확인서 등본은 확인을 받은 날로부터 3개월이

경과하면 그 효력이 상실되오니 신고 의사가 있으면

기간 내에 본적지 또는 주소지 관할 시 군 읍 면에

신고하셔야 합니다.』

그러고 보니 이혼 신고에 대해서는 까맣게 잊고 있었다.

시은은 자신의 손으로 직접 이혼 신고를 할 수 없었던 모양이었다. 꼬깃꼬깃해진 등본을 보면 알 수 있었다. 등본을 들고 속앓이를 해야 했을 시은을 생각하니 가슴은 짠해졌다. 이혼신고를 하기 위해 시은은 몇 번을 갔다가 되돌아오기를 반복했을까. 가슴이 처참하게 무너져 내렸다.

남이 된 다는 것, 어느 면에서 보면 쉬운 것 같기도 하지만 그다지 쉽지만은 않은 모양이었다.

나는 어딘가에 두었을 등본을 찾기 시작했다. 하지만 좀처럼 어디에 두었는지 생각나지 않았다. 그러다가 서랍장 속에서 등본을 찾아낼 수 있었다.

두 통의 이혼의사 확인서 등본이 손에 들려졌다. 등본을 탁자 위에 올려놓은 나는 좀처럼 마음의 갈피를 잡을 수 없었다. 그러다가 꼬깃꼬깃한 시은의 등본 밑에 써져 있는 SNS 주소를 발견했다.

혹시나 하는 생각에 나는 노트북의 전원을 켜고 SNS 주소를 주소창에 치기 시작했다. 뒤이어 시은의 SNS에 접속되었다.

SNS의 프로필 이미지와 스킨은 모두 은지의 사진으로 장식되어 있었다.

나는 SNS에 접속한 순간부터 은지에 대한 시은의 그리움과 그동안의 아픔이 어떠했으리라는 것을 어느 정도 짐작할 수 있었다.

"아……!"

가슴이 아려 왔다.

"미안해, 시은아!"

슬픔이 물밀 듯 밀려들어왔다. 동시에 눈이 촉촉하게 젖어들었다. 한순간 가슴이 텅 빈 것만 같았다. 시은의 간절한 사랑을 나는 확인할 수 있었다.

이제는 고집을 부리지 않기로 했다. 고집을 부린다면 그것은 은지와 시은이를 더 힘들게 만드는 일일 것이다. 더는 시은이를 멀리 떠나보내서는 안 될 것 같았다. 더는 시은이의 손을 놓지 않겠다고 나는 결심했다.

너무나 나 자신을 고집했고, 시은을 배려해 주지 않았던 나 자신을 원망하고 책망했다. 시은을 바라보지 못한 나를 자책할 수밖에 없었다.

더 큰 후회를 하기 전에 다가서야 할 것 같았다.

시은의 SNS 포스팅을 읽으면서 여린 가슴에 너무 큰 상처를 주었다는 생각을 했다. 그 상처를 다시금 아물게 해 주고 싶었다. 그것은 앞으로 내게 남겨진 몫이었다.

노력할 생각이었다. 그러다 보면 세월 속에 아픈 상처 역시 묻힐 것이다. 그동안 해 주지 못했던 것들을 해 주고 싶었다.

이제 흔들림은 없었다. 이혼 신고서와 이혼의사 확인서 등본을 태우기 시작했다. 그렇게 시은과의 새로운 시작을 기약했다.

이제는 남이 아닌 시은의 남편으로서 시은 앞에 서 있고 싶었다. 부질없던 고집을 꺾고 모든 것을 불태우고 나니 홀가분해졌다.

아내의 작업실을 찾았습니다.

그동안 아내의 작업실에 갈 용기가 없었습니다.

아내는 그런 내게 서운하다고 생각하겠지요. 하지만 아내의 작업실을 찾기란 그리 쉬운 일은 아니었습니다. 제 스스로가 준비되지 않은 탓도 있을 겁니다.

사실 아내에게 미안하기도 합니다.

아내의 손때가 묻은 물건들과 아내가 조각했을 작품들을 천천히 살펴보았습니다. 제각각 나름대로의 색을 갖고 있는 것 같았습니다.

아내는 그 작품들을 조각하며 울기도 많이 울었을 겁니다. 그 생각을 하면 가슴이 아려 옵니다.

아내의 땀과 노력이 배인 작품들을 먼지 속에 그대로 놓아 둘 수가 없었습니다. 그래서 청소를 하기 시작했습니다.

먼지를 털어 내고 물걸레로 닦아 냈습니다. 그렇게 한 시간 동안 정신없이 청소를 했습니다.

청소를 마치고서 아내가 사용했을 간이침대에 걸터앉았습니다.

나른함이 느껴져 침대에 누웠습니다. 그리곤 깜박 잠이 들었습니다.

꿈속에서 은지를 보았습니다. 은지는 더없이 행복해 보였습니다. 꿈이기는 했지만 행복한 모습을 보니 마음이 놓였습니다.

오랜만에 은지와 놀아 주었습니다. 은지의 함박웃음이 보기 좋았습니다. 그러고 보니 우리 은지 아빠를 많이 닮은 것이 아니라 엄마를 더 많이 닮은 것 같습니다. 그래서 우리 은지 그렇게 예쁜가 봅니다.

한 시간 정도 자고 일어난 것 같은데 너무도 꿀맛 같았습니다.

작업실을 나오려는데 아내의 작품들이 마음에 걸렸습니다. 아내가 못 다한 일이기에 더 마음에 걸렸나 봅니다.

전시회를 열면 아내가 좋아할 것 같습니다.

– 시은의 SNS

18

소리가 벌써 시은의 작업실에 와 있었다.

"바쁠 텐데. 여긴 뭐 하러 왔어. 이삿짐도 별로 없는데."

"이삿짐 나를 때는 여자 손도 필요한 법이라고요. 남자 손이 어련하겠어. 힘만 쓸 줄 알았지."

소리는 오자마자 팔부터 걷어붙이고 빗자루를 먼저 찾아들었다. 그리곤 바닥을 쓸기 시작했다.

되도록 시은의 작업실을 그대로 살린 채 굵직굵직한 물건들의 위치를 정했다. 아침 일찍부터 서두른 탓에 짐 정리는 어느 정도 되어 가고 있었다.

소리는 구석구석 손이 닿지 않는 곳까지 찾아가며 물걸레질을 했고 어둠침침했던 작업실은 어느새 온기가 느껴지기 시작했다.

"식사해야지?"

"그러고 보니 벌써 시간이 이렇게 됐네."

이마에 맺힌 땀을 닦으며 소리가 시계를 올려다보았다.

"나가자."

"나가긴. 오늘 같은 날은 자장면 배달시켜 먹어야 하는 거야. 어디 있더라? 아, 그렇지."

소리는 현관문에 붙여 놓은 스티커를 떠올리며 휴대전화를 꺼내 들었다. 그리고는 나에게 무엇을 먹을 거냐며 눈짓을 보냈다.

자장면은 곧 배달되어 왔다.

바닥에 신문지를 펴고 앉은 소리가 먼저 자장면을 비벼 내게 건네주었다.

"생각나?"

"……?"

"시를 쓴다고 했지."

"그래."

"하지만 시은 언니 때문에 시를 쓸 수 없었어. 오빠 곁에서 시은 언니가 눈에 쌍심지를 붉힌 채 지키고 있었으니까."

"그랬었나?"

"시은 언니 자장면 좋아했는데."

"그래. 시은이가 자장면 많이 좋아했었지."

"그땐 재미있었는데."

시은이가 금방이라도 문을 열고 뛰어 들어올 것 같은데, 나는 병원에 누워 있을 시은의 생각에 식욕을 잃고 말았다.

"그만 먹게? 내가 괜한 소리를 했나 봐. 난 시은 언니 일어나면 함께 캠퍼스에서 자장면 먹고 싶다는 생각에……."

205

"그럴 수 있을까?"

"그럼. 그럴 수 있고말고. 시은 언니 그렇게 나약하지 않아. 이겨낼 거야. 이겨내고 아무 일도 없었다는 듯이 웃어 줄 거라 니까. 그때는 내가 훼방꾼이 되는 건가? 두 사람 사이를 질투하 면서 말이야."

"그런 날이 오겠지."

"그럼. 꼭 그럴 수 있을 거야. 오빠가 바라고 있으니까. 시은 언니도 그런 오빠를 외면한 채 떠나가려 하지는 않을 거야."

소리의 휴대전화가 울린 것은 다음이었다.

"여보세요? ……네, 그럼요. 여기 일도 마무리되어 가고 있어 요."

전화를 받는 소리의 얼굴에 환한 웃음이 번져 나왔다.

"게으름 피우다니요. 누가요? 그래도 밥값은 하고 있다고요."

웃어 가면서 전화를 받는 소리의 모습에 사랑이 가득했다. 소 리가 나를 향해 살짝 눈짓을 보냈다.

"누구?"

"……."

행복하구나. 그럼 다행이야. 너의 행복이 나의 행복이니까. 하지만 이제는 너의 행복은 온전한 너의 것이겠구나. 한 하늘 아래 살고 있는 것만으로도 행복하게 느껴지는 그런 사랑을 이 제 알아가는 거야. 언젠가 내가 그랬듯이. 그리고 시은이가 그랬듯이. 네게도 소중한 사람이 생긴 거야.

이젠 너를 보낼 때가 된 것 같아. 이젠 소리 너도 기다림을 접어야 할 때가 된 것 같아. 한때 사랑했던 너의 나. 사랑을 알기 위해서 너무도 많은 시간이 흘렀구나. 그래, 나도 이젠 사랑이 무언지 알 수 있을 것 같다.

"네. 있다가 봐요."

"애인?"

"응. 만나자고. 오빠랑 같이 왔으면 하던데. 내가 사랑했던 사람이 누군지 무지 궁금한가 봐. 같이 갈 거지?"

"글쎄."

"그런 말이 어디에 있어. 함께 가는 거야. 알았지?"

"……."

할 수 없이 고개를 끄덕였다.

"오빠가 내 첫사랑이라니까 그 남자 무지 질투하는 거 있지. 자기보다 멋지냐며 꼬치꼬치 캐어묻던걸."

"오해했겠다."

"그 남자 그렇게 속 좁은 사람 아니야. 오늘도 와서 도와주겠다고 했는데 갑자기 급한 약속이 생겨서 오지 못했어. 오빠도 보면 마음에 들 거야."

"나도 만나보고 싶은데. 어떤 사람인지 궁금하기도 하고."

"기대하시라고요."

"보기 좋아."

"참, 오빠, 면회시간 다 돼간다. 여긴 걱정하지 말고 서둘러."

"그래도 될까?"

"빨리 다녀오세요."

소리가 머뭇거리는 나의 등을 떠밀기 시작했다. 나는 서둘러 시은의 작업실을 나섰다.

계단을 내려간 나는 잠시 하늘을 올려다보았다. 더없이 푸르고 맑은 하늘 아래 시은의 3층 작업실 창문에 시선이 멈추었다. 다시금 그곳에 시은이 설 수 있기를 바라면서 나는 한결 가벼워진 발걸음으로 병원으로 향했다.

"너무 멀리 가지는 마. 그래야 길을 잃지 않고 되돌아올 수 있잖아. 알았지? 나를 위해서라도 꼭 돌아와야 해."

바라보면 볼수록 가엽기만 했다. 나는 시은의 손을 놓을 수가 없었다. 면회시간 내내 대화하듯 시은에게 말을 걸었다.

갑자기 중환자실이 분주해지기 시작했다. 위급한 환자가 발생한 모양이었다.

"정미주 환자 보호자 찾아봐요."

의사의 긴박한 목소리가 들렸다.

정미주라는 말에 나의 귀가 열렸다. 혹시나 하는 생각에 건너편 병상을 건너다보았다. 의사가 CPR을 시도하고 있었다. 그런데 여자의 얼굴이 낯이 익었다.

나는 좀 더 가까이 다가갔다. 얼핏 그 정미주가 내가 아는 정미주라는 것을 확인하는 데는 그리 오랜 시간이 필요치 않았다.

정미주는 끝내 깨어나지 못했다. 나는 알 수 없었다. 정미주가 왜 그곳에 누워 있었는지. 간호원에게 들은 얘기는 충격적이었다. 정미주는 몇 달 전 교통사고로 입원했고 식물인간 상태로 겨우 생명을 연장해 오고 있었다고 했다.

몇 달 전이라면 그 교통사고가 확실했다. 그런데 중환자실에 누워 있어야할 정미주가 어떻게 건강한 모습으로 내 앞에 나타날 수 있었는지 나는 통 알 길이 없었다. 그럼 내가 만났던 정미주는 도대체 누구란 말인가?

그때까지도 나는 영혼을 믿지 않았다. 하지만 그 일이 있은 이후로 나는 영혼을 믿기 시작했다. 아니 믿었다.

「이제 기다려야죠. 기다리는 건 너무 지루해요. 사실 너무 오랫동안 기다리고 있는 중이거든요.」

정미주의 알 수 없던 말의 의미를 이제는 알 수 있을 것 같았다. 그렇지만 그녀가 내 앞에 나타난 것은 무슨 이유에서였을까?

시은과의 사랑을 일깨워주기 위해서 그렇게 나타났던 것은 아니었을까? 그러고 보면 시은과 정미주는 많이 닮았다. 그럴 수도 있는 일이다.

「아니요. 이제 우리 그만 만나요. 하지만 한 번쯤은, 마지막으로 한 번쯤은 만날 수 있을지도 모르겠네요.」

나는 정미주가 했던 마지막 말을 되뇌었다. 이제 더는 정미주를 만날 수 없는 것일까?

19

아내는 꿈을 꾸고 있습니다.

꿈속에서 은지와 만나고 있을지도 모릅니다.

아내는 그렇게 은지를 그리워하며 현실을 뒤로한 채 나의 곁을 무심하게 떠나려 하고 있습니다.

어쩌면 좋을지.

아내가 영원히 떠나가고 만다면 사무치는 아픔에 견딜 수 없을지도 모릅니다.

아끼고 사랑해 주지 못했기에 이대로 아내를 아쉽게 보낼 수는 없습니다.

아내의 옆에서 한 가닥 희망을 가져 보지만 아내는 야속하게도 점점 시들어 가고 있습니다.

아내의 핏기 없이 창백한 얼굴을 만져 봅니다. 그리고 아내의 입술에 나의 입술을 대고 생명을 불어넣어 봅니다. 아내가 깨어날지 모른다는 간절한 희망으로 다가가 봅니다.

아내는 도대체 어디쯤 걷고 있는 것일까요.

돌아올 수 있을 정도만 걸어갔으면 좋을 텐데. 너무 멀리 가고 나면 돌아오려 해도 힘에 겨워 돌아오지 못할지도 모르는데.
이제 그만 돌아와 힘든 여행이었다고 말할 때도 된 것 같은데.

언제까지나 기다릴 겁니다. 나마저도 아내를 기다려 주지 않
는다면 아내가 돌아와 쉴 자리가 없을 것이기에.

아내의 사랑을 뒤늦게 깨달았고 뒤늦게 헤아렸습니다.

영원히 사랑하겠다고 다짐했고 앞으로도 그럴 겁니다. 그러
나 아내가 나의 사랑을 확인할 수 있을지 모르겠습니다.

힘내라고 하루에도 수 없이 말하지만 아내는 알아듣지 못하
는 것 같습니다.

흔들어 깨우면 금방이라도 일어나 나에게 그 촉촉한 눈으로
환하게 웃어 줄 것 같은데⋯⋯. 그런데, 나의 바람은 속절없기
만 합니다.

야속한 사람.

사랑은 기다림이라고 했던가요, 사랑은 기다림의 시작이라고
했던가요.

기다리겠습니다.

함께 했던 시간보다 앞으로 함께 하고 싶은 시간이 많기에 변
함없는 모습으로 아내가 돌아오길 기다릴 뿐입니다.

아내에게 진실한 사랑의 의미로 남아 있고 싶습니다.